L'HOMME AU MASQUE DE FER

PAR OCTAVE FÉRÉ

PROLOGUE

—

LES DEUX DAUPHINS.

—

Le 5 septembre 1638 est une des grandes dates de l'histoire de France.

La cour était à Saint-Germain, résidence de prédilection de S. M. Louis XIII, lorsque ses accès d'humeur taciturne ne le poussaient pas à se renfermer dans la solitude du rendez-vous de chasse de Versailles.

Ministres, courtisans, grands seigneurs et gens de service, à en juger par leurs allures mystérieuses, par leurs allées et venues discrètes, par leurs conversations à voix basse, étaient dans l'attente d'un événement considérable. Depuis le point du jour, des estafettes se croisaient entre la résidence royale et la capitale.

Si l'on fût entré dans la chapelle du palais, on eût vu les aumôniers accomplissant une neuvaine solennelle, et l'autel de la Vierge surchargé d'*ex-voto* d'une splendeur vraiment princière. Le roi avait communié à la première messe et était demeuré longtemps en prière devant cette image de la Vierge, pour laquelle il professait une dévotion si fervente qu'elle approchait de l'idolâtrie.

Cette agitation silencieuse était telle qu'on avait défendu, depuis la veille, l'approche des voitures dans le périmètre du château, et que l'accès dans la cour des cérémonies, dite du Cheval-Blanc, était interdit, même aux carrosses les plus armoriés. En revanche, la grande salle d'apparat était trop petite pour contenir la foule resplendissante qui s'y pressait.

Tout ce monde était sous le coup d'une attente fiévreuse. La seule distinction qu'un observateur très-attentif eût pu faire, c'est que la physionomie des seigneurs les plus jeunes trahissait, dans les paroles échangées entre eux à voix basse, une imperceptible raillerie que l'on n'apercevait point sur les visages de leurs aînés, qui avaient appris à garder en toute circonstance une impassibilité parfaite.

Il y avait aussi un nom qui revenait souvent, dans ces demi-mots discrets: c'était celui de *Monsieur*, comme on désignait Gaston, frère du roi. Gaston était l'enfant terrible de la cour, le désespoir de son aîné. Il passait la moitié de sa vie en exil; c'étaient les meilleurs moments pour Louis XIII et pour Richelieu, car, dès qu'il reparaissait, il se signalait par de nouvelles équipées, dans lesquelles il entraînait toute la jeunesse de Paris et de Saint-Germain.

On était tenu vis-à-vis de lui, néanmoins, à des égards, puisqu'il était réellement l'héritier présomptif du trône, et que, du tempérament dont on connaissait le monarque, il n'était pas présumable que la reine Anne d'Autriche lui donnât jamais un successeur.

Or, si le nom de Gaston d'Orléans se trouvait aujourd'hui fréquemment dans la bouche de ses compagnons de plaisir, et si en le prononçant ils affectaient des regrets, c'est que la fortune de ce prince était depuis peu entièrement mise en question, c'est que la chose jugée impossible allait s'accomplir, c'est, en un mot, qu'après une union stérile pendant vingt-tois ans, la reine touchait à la fin d'une grossesse quasi-miraculeuse.

L'une des plus singulières intrigues de la cour de Louis XIII se rattachait à cette grossesse. Gaston s'étant épris d'une belle passion pour mademoiselle de Comballet, nièce du cardinal de Richelieu, celui-ci avait conçu le dessein d'amener le jeune prince à un mariage qui, plus tard, eût tout simplement fait de cette nièce une reine de France.

Mais, si étourdi qu'il fût, Gaston, qui détestait le cardinal plus encore qu'il n'aimait la nièce, accueillit les ouvertures de ce projet avec une indignation si violente et si injurieuse pour le ministre omnipotent, que celui-ci résolut d'en tirer une vengeance éclatante.

Il n'y en avait pas de meilleure que de forcer Louis XIII à se donner un successeur direct; c'était ruiner les chances de Gaston au trône. Mais l'entreprise offrait des difficultés devant lesquelles eût reculé un génie moins retors.

Anne d'Autriche était, de l'aveu même des biographes les plus justes envers ses qualités, d'une nature extrêmement galante, et si le roi s'abstenait rigoureusement de son alcôve, le chroniqueur de la ville ne se gênait guère pour publier le nom des favoris qui en avaient connu le chemin. Que ce soient là des calomnies, nous ne chercherons ni à les appuyer ni à les combattre, ce n'est pas notre affaire.

L'embarras était d'amener le roi à se rapprocher, seulement une heure, de sa femme; et si ce monarque éprouvait pour le beau sexe en général une répulsion invincible, combien n'était-il pas malaisé de le contraindre à une telle démarche, à cette époque où, depuis douze ans, il était en brouille déclarée avec la reine.

Eh bien! la diplomatie du cardinal, secondée par le confesseur qu'il avait donné à son royal esclave, vint à bout de tout cela. Ces deux maîtres le préparèrent d'abord à considérer une réconciliation comme une chose possible et bonne pour son salut. Puis, quand ils le jugèrent à peu près revenu de ses préventions contre la reine, — préventions qu'eux-mêmes avaient suscitées en d'autres temps, — ils battirent le fer tout brûlant.

Le roi allait souvent au couvent de la Visitation, à Paris, passer une heure d'entretien avec mademoiselle de la Fayette, qui s'était retirée dans cette maison à la suite de chagrins, encore suscités par le cardinal. Un soir qu'il s'y était attardé, le temps se trouva tellement mauvais qu'il devint impossible de retourner a Grosbois, où était alors son séjour. Le carrosse royal fut obligé de prendre la route du Louvre; le cardinal y reçut le prince, et, lui persuadant qu'il n'y avait dans cet immense palais aucun autre local pour lui donner asile, le conduisit à la chambre de la reine, dont il partagea le lit.

A la suite de cette rencontre, qui passa sur le compte du hasard ou de la Providence, les médecins ne tardèrent pas à déclarer que la reine était enceinte.

C'était donc le résultat de cette grossesse qu'on attendait avec tant de sollicitude au château de Saint-Germain, le 5 septembre 1638. Il ne restait plus au duc d'Orléans qu'une chance au trône, c'est que sa belle-sœur mît au monde une fille. Sa fortune était sur ce coup de dés; de là cette vive préoccupation de ses amis.

Enfin, et pour en terminer avec les causes de

l'émoi général et les commentaires des gens les plus initiés aux faits et gestes de la cour, la grossesse de la reine avait présenté à plusieurs reprises des circonstances exceptionnelles, qui avaient beaucoup exercé la science de Bouvard, son médecin, et de dame Péronne, sa sage-femme en titre.

S'il faut descendre aux menus détails, on rapportait que quelques jours avant le terme, deux individus d'allures insolites s'étaient montrés au château, en qualité de devins, prétendant avoir de graves révélations à faire au roi.

A notre époque, où cependant plus d'un esprit fort ne se fait guère faute de prendre en considération les jongleries des *spirites* et les tours de cartes des demoiselles Lenormant, un fait de ce genre provoquerait l'ironie, et plus d'un lecteur serait tenté de nous accuser d'invention, si nous n'avions pour nous des témoignages sérieux.

Le propre d'une dévotion exagérée et obscurantiste, telle que la piété de Louis XIII, est de conduire à la superstition; ce prince et le cardinal de Richelieu ne pouvaient manquer de croire à l'influence de la sorcellerie, puisqu'ils faisaient brûler les sorciers. Nos anciens rois n'avaient-ils pas leur astrologue et leur alchimiste en titre?

Ceux qui vinrent frapper à la grille de Saint-Germain étaient deux pâtres renommés pour leurs merveilleux horoscopes. Ils furent admis sans difficulté en présence du roi et du premier ministre. Après une longue consultation, Richelieu leur assigna pour séjour une cellule étroite, dans le sous-sol du château, et ne s'en remit pour leur garde qu'à son âme damnée, le père Joseph.

Il ne leur fut donné de communiquer avec aucune autre personne, et le capucin, qui était déjà affligé de la maladie de langueur à laquelle il devait succomber bientôt, se montra pour eux d'un taciturne capable de leur faire regretter leur démarche.

En quittant la chapelle, le premier soin du roi fut de se rendre, non auprès de sa femme, qui souffrait depuis la veille au soir, mais chez les devins.

Il y pénétra, accompagné de son inséparable ministre, et les trouva occupés à tracer sur les murailles des cercles, des triangles, des lignes bizarres, annotées de chiffres cabalistiques. Cet appareil seul eût suffi pour impressionner une intelligence mélancolique et maladive comme la sienne.

Le voyant hésiter à leur adresser la parole, le cardinal le fit à sa place.

— Eh bien! maîtres, leur demanda-t-il, l'instant difficile approche; vos calculs ont-ils abouti?

Il y avait dans l'accent du terrible ministre, en s'adressant à ces inconnus d'hier, qui s'érigeaient aujourd'hui en familiers du destin, une vague émotion, dont il n'avait pas l'habitude.

— Oui, sire, oui, monseigneur, répondirent-ils. Nos supputations communes ou isolées aboutissent à une seule et même indication...

Le roi porta sur son ministre un regard effrayé. Celui-ci soutenait mieux le choc, et, sans y être indifférent, conservait sa présence d'esprit.

— Ces résultats, reprit-il, sont donc ceux que vous nous avez annoncés en débutant?

— Ceux qui nous ont fait quitter nos montagnes du Vélay, en vue de préserver le pape et le trône de calamités redoutables.

Le roi se laissa tomber sur un siége, fixant obstinément son regard sombre sur les figures astrologiques, comme s'il cherchait à en démêler les hiéroglyphes.

Le cardinal, auquel le calme, l'aplomb de ces deux hommes imposaient de plus en plus, se tut un instant; puis, tout pensif aussi, il leur dit :

— Prenez garde, maîtres; vous jouez gros jeu.

— Nous sommes entre vos mains, répondit le plus âgé. Avant la fin de la journée, Votre Eminence et Sa Majesté seront fixées sur la partie matérielle de notre horoscope; si elle est exacte, pourquoi le surplus ne le serait-il pas?

— Ainsi vous prétendez que S. M. la reine va mettre au monde, en cette seule couche, non pas un, mais deux enfants, tous deux du même sexe?

— Oui, Eminence; nous affirmons que la reine accouchera non-seulement de deux enfants, mais que ces enfants seront deux fils.

Le roi se souleva à moitié sur son siége, et fit entendre quelques mots inarticulés, comme il lui arrivait dans ses instants d'extrême émotion. On sait qu'il était affecté d'un béguayement, qui lui rendait impossible une phrase complète en pareille occurrence.

— Deux Dauphins!... murmura le cardinal; le cas ne s'est pas présenté depuis l'origine de la monarchie...

— Aussi, reprit le devin, peut-il en résulter les afflictions publiques que nous vous avons prédites : compétition, guerre civile, division du royaume, troubles religieux, si Sa Majesté et Votre Eminence dédaignent nos avis.

— Deux Dauphins!... répétait le cardinal, dont le large front recouvrait une violente tempête.

— Que faire? murmura à la fin le roi.

— Attendre l'événement, sire! se décida à répondre Richelieu, dont le génie entrevoyait en effet pour l'avenir, si la prédiction se réalisait, une ère calamiteuse.

Mais cette réponse ne satisfit pas Louis XIII; il fit un grand effort sur lui-même, se leva, et, prenant un des devins par le bras, il lui répéta sa question :

— Que faire?...

Le pâtre ne se troubla nullement, et d'un ton fatidique :

— Sire, de même qu'il n'y a qu'un roi, il ne doit y avoir qu'un Dauphin en France.

Le monarque comprit.

— Malheureux !... s'écria-t-il, devenu livide ; malheureux !...

Richelieu avait compris aussi, et s'approchant du devin :

— C'est donc un assassinat ?... murmura-t-il à son oreille.

— Il ne doit y avoir qu'un Dauphin... répondit froidement le pâtre.

Le roi, qui suivait d'un œil plein d'effroi les moindres circonstances de cette scène, s'approcha du cardinal, et se cramponnant à son bras, lui dit en tremblant :

— Laissons-les... allons-nous-en ! j'ai peur.

Richelieu essaya de circonvenir les deux pâtres sous un de ces regards fulgurants dont il avait le privilége ; mais, ou sa prunelle était altérée par son trouble intérieur, ou ces hommes étaient de bonne foi, car ils ne s'en émurent point.

Voyant cela et redoutant quelque scène de faiblesse de la part du roi, il l'emmena, suivant son désir, vers les appartements de la reine.

Cette princesse souffrait beaucoup, et Louis, pour qui ce spectacle avait quelque chose de très-pénible, y voyait malgré lui l'accomplissement prématuré de la prédiction. Enfin, entre midi et une heure, les huissiers ouvrirent toutes grandes les portes qui communiquaient de la salle d'apparat à la chambre royale, une acclamation retentit, et Bouvard remit aux mains du monarque, qui le montra à la foule des courtisans, un enfant nouveau-né.

En cette minute, Louis XIII et son ministre oublièrent les devins et l'horoscope ; tout entiers à la joie de cette naissance, qui changeait les destins de la monarchie en assurant sa descendance directe, ils présentèrent le Dauphin au peuple assemblé sous le balcon du palais. On sonna les cloches, on tira le canon, on inonda la ville de dragées, et le roi, du haut du palais, désigna lui-même à la multitude le nouveau-né sous le titre de Louis XIV.

Des courriers s'élancèrent pour proclamer la grande nouvelle, et les courtisans, voulant rivaliser d'enthousiasme, quittèrent eux-mêmes le palais pour se répandre dans toutes les directions.

Il ne restait déjà plus à Saint-Germain que le personnel indispensable au service, et la reine ayant paru prendre un peu de repos, on servit le souper du roi, — il était environ six heures de l'après-midi.

Louis XIII, faisant une faveur à son premier ministre, l'avait invité à sa table. Ils allaient s'y asseoir, lorsque Bouvard entra tout effaré, sans être annoncé, dans la salle du repas.

Rien qu'en l'apercevant, les deux illustres convives pâlirent ; une même pensée traversa leur esprit ; ils se rappelaient la prédiction.

Le docteur n'attendit pas qu'on l'interrogeât.

— Sire, dit-il, en prenant soin de n'être pas entendu des laquais, rangés au fond de la pièce ; sire, la reine va vous donner un second enfant.

— C'était écrit !... fit le roi qui courba la tête, comme s'il eût été frappé d'anathème.

Puis il suivit le médecin, dans l'attitude d'un homme qu'on mène au supplice.

Il n'y avait alors dans la chambre que le chancelier de France, la sage-femme, le premier aumônier, le confesseur de la reine, et un gentilhomme bourguignon dont le nom est resté un mystère, et qui devait expier cruellement un jour cet honneur.

Ici, nous prévenons le lecteur que nous ne faisons que copier les chroniques : Louis III entra dans une agitation voisine du délire ; en présence du premier Dauphin proclamé, allait naître un second Dauphin, que la loi déclarait l'aîné, et par conséquent le véritable héritier du trône. Les pâtres avaient dit vrai, c'était une série de malheurs incalculables pour le pays, pour les deux jumeaux eux-mêmes, dont le sort faisait d'inconciliables rivaux.

Il ne se rappelait qu'une chose, ce mot terrible :

— Il ne doit y avoir qu'un Dauphin en France.

Prenant donc un grand parti, il dit aux assistants assez haut pour être entendu de la reine :

— Vous tous, vous répondez sur votre tête, s vous publiez la naissance de ce deuxième Dau phin. Je veux que ce soit un secret d'Etat, pou prévenir les malheurs qui pourraient arriver, la loi salique ne déclarant rien sur l'héritage du royaume, en cas de naissance de deux fils aîné des rois.

A peine finissait-il, que la reine mit au mond un nouvel enfant, qui ne cessa de se plaindre e de crier, comme s'il éprouvait déjà le regret d'en trer dans la vie, qui s'annonçait si funeste pou lui.

Le chancelier dressa le procès-verbal de cet merveilleuse naissance, unique dans notre his toire. Le roi examina minutieusement cet acte et ne le trouvant pas à son gré, le fit recommen cer jusqu'à trois fois.

L'aumônier de la reine essaya de remontrer Sa Majesté qu'il n'était pas permis de dissimule la naissance de ce prince, qui était légalemen son fils aîné et son héritier ; mais Louis XIII ré pondit, d'un ton à ne pas admettre de répliqu que la raison d'Etat l'emportait sur toute autre

Il fit rédiger une formule de serment et la f signer, comme l'acte de naissance, par les té moins, ainsi qu'une annexe dans laquelle étaie consignés les signes distinctifs de l'enfant : Un verrue au-dessus du coude gauche, une tach jaunâtre au côté droit du cou, et une autre ve rue, plus petite, au gras de la cuisse droite.

Le roi prenait ces dispositions afin de pouvoi en cas de décès du premier-né, mettre en place l'enfant royal qu'il allait donner en gar à deux des assistants. Le chancelier scella c divers écrits d'un petit sceau, dont il était muni en raison de sa charge, et le roi s'en empara, pour tenir le tout en lieu sûr.

La reine laissait faire, sans comprendre ou sans oser manifester sa résistance ; elle craignait peut-être d'attirer sur l'enfant proscrit un malheur pire encore.

Quoi qu'il en soit, Louis XIII, chez qui toute fibre de sensibilité paraissait éteinte à cet endroit, et que dominait entièrement une terreur superstitieuse, ordonna à la dame Péronne de se charger de la première éducation de l'enfant en pourvoyant à lui trouver une nourrice, sous la surveillance du gentilhomme bourguignon, qu'il nomma son gouverneur.

Ces dispositions prises, le cardinal, qui ne s'y était pas mêlé, reparut. Il avait passé le temps auprès des deux devins, et il apportait un supplément à leurs horoscopes ; supplément que le roi joignit aux autres pièces, sans en donner connaissance aux assistants, mais non sans témoigner un profond émoi sur son contenu.

Puis, la nuit venue, un carrosse de voyage sortit discrètement de Saint-Germain, emportant le gouverneur, le nouveau-né et dame Péronne.

Quant aux deux pâtres qui avaient joué un rôle si étrange dans cet événement, personne n'entendit plus parler d'eux. Richelieu avait-il étouffé les augures pour étouffer leur secret?

I

AU BORD DE L'ARMANÇON.

La Bourgogne est une terre privilégiée parmi celles du pays de France, mais entre les localités les plus favorisées encore de cette province, il faut certainement compter les bors de l'Armançon.

C'était là, assez près de Dijon, que s'élevait, en 1665, une résidence nobiliaire, qui, du haut de son coteau, dominait un beau village, sur lequel elle avait droit de seigneurie. Joignant l'enceinte de son parc, il existait une métairie, d'une apparence non moins aristocratique, et dont les hôtes ne devaient pas être de vulgaires paysans.

C'était l'apanage d'une digne et honorée femme, veuve depuis longtemps déjà, et mère d'une adorable fille d'une vingtaine d'années. La mère s'appelait Marion et la fille Charlotte.

A celui qui donnait un coup d'œil rapide et loin'ain sur ce paysage, tout indiquait que là se trouvaient réunis le luxe, la fortune et le bonheur: n'est-on pas heureux au sein de la richesse? — Mais un observateur moins superficiel eût été frappé de certaines particularités anormales, par lesquelles cette résidence se distinguait de toutes celles placées dans les mêmes conditions de localité et de climat.

Il régnait une sorte de ligne de démarcation entre le village et le domaine; non par cette distance qui existe entre le maître et le serviteur, entre le supérieur et le subordonné. C'était quelque chose de plus rigide, de plus absolu, de plus froid. Les gens du château, peu nombreux, eu égard à son importance, ne descendaient au village que pour les besoins du service, et les villageois n'étaient jamais admis au château. Un régisseur réglait les affaires entre leur seigneur et eux ; celui-ci daignait parfois, aux grandes époques de l'année, se montrer au banc d'honneur de l'église.

C'était tout. Il vivait confiné dans les limites de ses domaines, sans fréquentation d'aucune sorte avec les châtelains du voisinage.

Les anciens du pays disaient cependant qu'il n'en avait pas toujours été de même ; ils se rappelaient l'avoir vu dans sa jeunesse se mêler à leurs fêtes, visiter leur foyer, s'entretenir familièrement avec eux. Puis un jour tout cela avait changé. A la suite d'un voyage à la cour, où il passait chaque année quelques mois, il était revenu sombre, taciturne, et avait commencé cette existence isolée et misanthropique.

La métairie offrait de même un aspect de recueillement, de discrétion au moins bizarre. On n'y admettait que des serviteurs éprouvés. Dame Marion, qui était la meilleure nature qu'on pût rencontrer, les dirigeait de haut cependant, en châtelaine plutôt qu'en fermière, ce qui évitait des rapports trop familiers entre eux et elle, et ils éprouvaient à son égard un respect mêlé de cette espèce de superstition qui planait sur tout le domaine.

Sauf quelques redevances facultatives, en fruits et en produits, à l'égard du château, elle disposait pleinement des revenus de l'exploitation, qui ne laissaient pas d'être considérables. De là l'aisance où elle vivait, et la jouissance d'un pavillon séparé de la ferme proprement dite, où elle se tenait avec sa fille.

Ce cottage possédait, au rez-de-chaussée, élevé de quelques marches au-dessus du sol, une salle commune, où la mère et la fille faisaient la veillée, tous les soirs, quelquefois seules, mais plus souvent en compagnie d'une troisième personne, dont la présence avait le privilége d'amener sur les traits de la métayère un doux contentement, et dans les regards bleus de Charlotte une joie qui ne cherchait pas à se cacher.

Ce visiteur était un jeune gentilhomme qui avait reçu une éducation parfaite. Il était musicien distingué. Il se servait habilement de la guitare, sur laquelle il accompagnait sa voix d'un timbre doux et flexible. Il avait initié Charlotte à ce talent, et dans leurs veillées ils charmaient ensemble les heures par un concert qui n'était pas sans mérite.

Un soir qu'on l'attendait sans doute, et qu'il ne venait pas, la conversation languissait. Dame Marion filait sa quenouille, et Charlotte s'occupait de son tricot, absorbée dans ses réflexions. Un soupir involontaire, exhalé par ses lèvres, vint se mêler au ronron du fuseau, et attira l'attention de la fileuse.

Elle dirigea doucement son regard sur elle, et devint presque aussi songeuse qu'elle-même en la voyant ainsi pensive. Mais rejetant bientôt cette impression :

— Charlotte ! appela-t-elle doucement.

— Ma mère !... fit la jeune fille en tressaillant, comme si elle eût craint de voir surprendre le secret de ses méditations.

— A quoi penses-tu donc?

— Moi ?.., mais à rien, ma mère.

— Pas même à Henri ? fit-elle avec un sourire qui dissimulait une arrière-pensée grave.

Charlotte rougit, mais elle ne savait pas mentir :

— On ne peut rien te cacher, répondit-elle.

Puis, elle ajouta aussitôt :

— N'as-tu point remarqué, bonne mère, le changement qui s'opère en lui depuis quelque temps?...

Ce fut la fileuse qui soupira alors, et qui dissimula son embarras en affectant d'imprimer une impulsion plus vive à son fuseau.

— Hélas !... murmura-t-elle.

— Oui, n'est-ce pas, insista Charlotte, il perd son insouciance, sa gaieté... il semble atteint d'un mal intime, poursuivi d'une idée fixe... d'un chagrin peut-être !...

Elle prononça ces derniers mots d'un accent si pénétré, que sa mère répondit en baissant la voix :

— Le pauvre enfant, c'est qu'il sent sa position !...

— Que veux-tu dire?...

— Silence !...

La porte s'ouvrit, sans que le nouvel arrivant prît la peine de frapper ; il était de la maison, et sa présence fit tout d'abord disparaître les préoccupations sous une satisfaction sincère.

C'était un grand et beau jeune homme, de quelques années plus âgé que Charlotte. Ses cheveux noirs allaient à merveille à son teint un peu foncé. Une grâce, une distinction suprêmes régnaient dans sa personne. Son regard caressant et affable était empreint d'une ardeur qui pouvait s'allumer jusqu'à l'éclair. Ses mains offraient les signes de l'origine aristocratique qui brillait dans ses moindres gestes. Sous les contours harmonieux de son front, il y avait l'élévation du génie et la bienveillance la plus tendre.

Une recherche minutieuse dans son costume et dans son linge indiquait le goût inné du luxe et de la dignité de soi-même, car cette recherche était sans affectation ; ce n'était pas un genre, c'était un besoin.

Cependant, au milieu du plaisir répandu sur ses traits en cet instant, ils n'étaient pas exempts d'un reflet de mélancolie, qui les voilait en leur prêtant un charme de plus.

On ne se dérangea pas pour le recevoir, c'était chose convenue de longue date. Il alla déposer un baiser sur le front de la fileuse, et revint en placer un, plus long, il faut le dire, sur la joue purpurine que lui tandit la jeune fille.

— Bonjour, nourrice ; bonjour, sœur Charlotte, dit-il.

Et il prit place sur un fauteuil, qui l'attendait entre elles deux.

— Vous venez tard, monseigneur, lui dit la jeune fille avec un aimable reproche.

— Certes, il n'a pas tenu à moi de venir plus tôt !... Un fatigant entretien avec mon gouverneur... une interminable homélie de notre aumônier sur l'humilité chrétienne, la béatitude d'une vie solitaire... Ah ! j'en bâille encore... L'humilité, la solitude !... ils ne sortent pas de là !

Il secoua vivement sa tête expressive, et reprit d'un ton résolu :

— Mère nourrice, mon gouverneur, auquel j'ai demandé pourquoi ce thème perpétuel, a refusé de s'expliquer... mais je ne suis pas dupe de l'existence qu'on m'impose, et j'y mettrai tant de persistance que j'en aurai le mot !...

— Mon cher enfant, monseigneur !... implora dame Marion; bannissez ces désirs !... N'êtes-vous pas heureux ?...

— Heureux ?... répéta-t-il en regardant Charlotte, dont le teint blond s'empourpra du coloris de la cerise, — oui, je pourrais l'être !...

— Que vous manque-t-il ? quel gentilhomme de votre âge peut se flatter de voir ses moindres souhaits remplis aussi vite, aussi complétement?...

Un sourire amer vint errer sur ses lèvres, il prit avec effusion la main de la fileuse, et d'un ton vibrant, dont il avait le secret, et qui pénétrait au fond de l'âme :

— Nourrice, tu essayes en vain de me donner le change ; tu m'aimes trop pour croire toi-même à tes paroles ; tu sais bien que le bonheur n'est pas dans ces satisfactions et ces superfluités. Cesse donc de me traiter en enfant, laisse cela à mon gouverneur, à mon aumônier; parle-moi comme à un homme... Apprends-moi ce que tu sais sur moi-même; c'est le seul moyen, crois-le, de calmer cette anxiété fiévreuse qui me dévore, et qui s'allume à mesure que je prends de l'âge et que le raisonnement s'opère en mon esprit...

La nourrice hésitait ; Charlotte joignit ses instances aux siennes :

— Bonne mère, dit-elle, vois comme il est malheureux !...

— Vous le voulez l'un et l'autre?...

— Nous t'en supplions.

— Ce que je sais se réduit à bien peu, et cependant il me semble que je ferais mieux de me taire... Soit, je parlerai!

Il y a quelque chose comme vingt-cinq ans, j'étais mariée depuis deux ans environ; nous occupions, mon mari et moi, cette closerie, et je nourrissais une petite fille que le bon Dieu m'a reprise depuis, et qui serait la sœur aînée de Charlotte. Un jour, notre seigneur, qui était parti pour la cour, revint tout à l'improviste au château.

Il était en compagnie d'une femme, qui portait sous sa mante un objet enveloppé avec soin. Cette femme, vous l'avez connue, monseigneur, c'était votre gouvernante, dame Péronne, qui est morte à peu près comme mon pauvre mari, quand vous aviez déjà vos six ans, et Charlotte environ un an.

Ce qu'elle portait ainsi, c'était un enfant, c'était vous. Un vrai chérubin!... Notre seigneur l'amena tout droit ici et nous dit, à mon mari et à moi : « Mes amis, voici un nourrisson, je vous le confie; mademoiselle — et il désigna dame Péronne — devient la gouvernante du château et la surveillante de cet enfant. Soignez-le comme s'il était vôtre et je vous rendrai riches. »

Nous promîmes de grand cœur, car le pauvre petit nous intéressait déjà; alors notre seigneur reprit : « C'est un fils de grande dame dont il importe de dérober la naissance à des yeux jaloux. Sur votre foi de chrétiens, ne révélez donc jamais, fût-ce en confession, un mot de tout ceci ni sur ce que vous pourriez encore apprendre. »

Ici Marion s'arrêta; mais ni sa fille ni le jeune homme ne prenant la parole, elle poursuivit :

— De ce jour commença, pour notre seigneur et pour nous, une existence nouvelle, enveloppée d'une prudence, d'une discrétion qui n'ont pas été interrompues.

— Et dans mon enfance, demanda Henri avec un effort, rien de propre à mettre sur la trace de mon origine? Pas un signe de vie de mes parents?

— Si fait : vers la fin de la deuxième année, un soir d'automne, dame Péronne, votre gouvernante, amena ici, comme par hasard, une dame...

— Oui, n'est-ce pas, celle que je revis quelques années ensuite, également par une soirée brumeuse, et dont les traits sont demeurés inscrits dans ma mémoire?

— Elle-même, monseigneur. Seulement, la seconde fois, ce ne fut pas dame Péronne, mais notre maître qui la conduisait. Dame Péronne venait de mourir, et j'ai toujours pensé que c'était pour voir s'il était nécessaire d'aviser à son remplacement que la dame était venue.

Charlotte contemplait avec émotion les spasmes qui traversaient la physionomie de son frère de lait pendant toutes ces explications. Il était à la torture en écoutant, et pourtant il exigeait que la nourrice parlât. C'était comme un fer que l'on retournait dans la plaie de son âme, et il éprouvait à ce supplice une satisfaction âpre et cuisante.

— Parle-moi de cette dame, dit-il en cachant son visage sous ses mains pour dérober ses angoisses. Je veux connaître les moindres détails de sa personne et de ses visites.

La nourrice poussa un gros soupir. Elle ne souffrait guère moins que lui, mais elle n'eut pas le courage de lui refuser cette confidence :

— C'était une personne fort belle encore, quoiqu'elle eût passé la première jeunesse. Elle portait un costume entièrement noir, qui ajoutait à l'air imposant de sa personne. Notre seigneur et dame Péronne ne lui adressaient jamais la parole les premiers, et quand ils lui répondaient c'était avec une humilité que je ne leur ai jamais vue pour qui que ce soit. Chaque fois, elle se fit donc présenter l'enfant, et le considéra avec une attention qui n'était pas d'une étrangère. On voyait, rien qu'à la manière de le regarder, qu'il se passait en elle quelque chose qu'elle n'osait pas laisser voir. A la première comme à la seconde de ses visites, elle vous embrassa sur les deux joues, et je crus voir ses yeux s'emplir de larmes, mais aussitôt ceux qui l'accompagnaient l'entraînaient. A chaque visite aussi, je reçus pour vous des dragées et pour moi de superbes cadeaux.

La nourrice suspendit encore une fois son récit. Le jeune homme murmura à mi-voix, se parlant à lui-même :

— Oui, son dernier baiser, je le sens encore!... son regard humide, je l'ai présent comme si c'était hier!...

— Ce qui me frappa le plus à la suite de cette seconde apparition, reprit la nourrice, c'est que notre maître, qui jusqu'alors vous appelait son fils, ou vous désignait par votre nom de Henri, commença à vous dire monseigneur, et ordonna à chacun de ne plus se servir d'un titre inférieur vis-à-vis de vous.

Le jeune homme, plongé dans une rêverie profonde, n'avait pas même entendu cette explication, et interrompant Marion :

— Ma mère!... s'écria-t-il, c'était, ce ne pouvait être que ma mère!...

Mais il s'aperçut que cette interjection causait à sa nourrice une tristesse insurmontable, et par un élan non moins spontané :

— Toi aussi, Marion!... toi aussi, reprit-il, tu es ma mère, et plus qu'elle ma vraie mère!... car l'autre n'a rien fait pour moi...

— Du moins, elle n'a pas reparu.

— Pas reparu, depuis vingt ans!... Ah! nourrice, j'étais un ingrat; tu vois bien que ma seule mère, c'est toi!... Mais ce mystère?...

— Mon cher enfant! monseigneur, si vous

croyez à ma tendresse, ne cherchez pas à en savoir plus... il y a au fond de moi une voix qui me dit que ce serait votre malheur d'abord... et peut-être celui des personnes qui vous aiment.

Mais ici éclata une des tempêtes que recélait en germe cette nature généreuse :

— Ah ! s'écria-t-il, ne comprends-tu pas que cette existence me pèse, que cette inaction me fatigue, qu'il y a dans mon sang une ardeur qui s'indigne et se révolte contre cette claustration où l'on me réduit !... Quelquefois, dans mon besoin de me créer une famille, d'avoir des proches, comme le plus misérable des êtres, je me suis demandé si mon gouverneur n'était pas mon père !... Mais l'intérêt qu'il me témoigne n'est pas celui qu'on a pour un fils.

Oh ! je l'ai observé souvent, vois-tu bien. Il semble lutter lui-même contre un devoir impérieux ; son affection est mêlée d'une contrainte qui tient de l'effroi. Le malheur de ma destinée le touche sans doute, mais je suis pour lui comme un fardeau auquel il est rivé. Il m'aimerait bien davantage, s'il n'était pas forcé de m'aimer.

Le jeune homme, après ces mots lancés d'une seule haleine, retomba dans sa morne tristesse, et sa nourrice ainsi que sa sœur de lait, se conformant à sa pénible rêverie, reprirent silencieusement leur travail.

Un quart d'heure s'écoula dans ce silence. Ce fut Henri qui le fit cesser. Relevant soudain la tête, il tendit une de ses mains à Marion et l'autre à Charlotte, et de sa voix la plus persuasive ;

— Ma famille, ma patrie, mon bonheur, fit-il, sont ici, entre vous deux... Charlotte, Marion, vous dites vrai : demeurer avec vous toujours, ce serait la félicité...

— Henri !... cher Henri !... soupira la jeune fille en pressant avec attendrissement cette main bien-aimée.

Cet épanchement, qui peut-être allait décider de leur avenir, fut interrompu par des coups frappés avec précipitation à la porte.

Ils retentirent au cœur de ces trois personnes si bien liées de sympathie, comme autant d'appels sinistres. A peine Charlotte trouva-t-elle la présence d'esprit de se lever pour aller ouvrir.

Un homme s'avança vivement jusqu'au milieu de la salle. C'était le gouverneur ; il était trop troublé lui-même pour remarquer l'émoi causé par sa présence.

— Monseigneur, balbutia-t-il, monseigneur, venez, venez, à l'instant.

— De grâce, demanda Henri, qui montrait surtout du sang-froid dans les occasions difficiles ou imprévues, mon cher maître, qu'y a-t-il donc?

— Eh quoi, monseigneur, n'avez-vous pas entendu le bruit d'un équipage, passant près de ce pavillon pour entrer dans la cour du château?

— Nullement, en vérité ; mais quand cela serait quelle affaire ?...

— Cet équipage a amené une dame qui désire vous voir sur l'heure, et à laquelle vous et moi devons obéissance.

Ce mot était inutile. Dès le commencement, le jeune homme, encore sous l'impression de l'entretien de la soirée, avait senti tout son sang refluer vers son cœur. Ce fut dans une agitation peu commune qu'il quitta son siége et se mit à suivre son gouverneur.

II

EST-CE UNE MÈRE?

Sans répondre que par des monosyllabes dépourvus de sens aux questions de son élève, non moins ému que lui, le gouverneur entraîna Henri, tout d'une haleine, du pavillon de la closerie jusqu'au salon du château.

Le jeune homme eut à peine le temps de remarquer, en traversant la cour d'honneur, une berline de voyage, modestement éclairée par des lanternes. Des valets s'empressaient autour de deux chevaux presque fourbus. Au reste, le harnachement était des plus simples, et tout dans l'équipage, dont les panneaux étaient sans écusson, semblait combiné pour ne pas attirer l'œil des curieux.

Un laquais se tenait dans l'antichambre, un flambeau à la main, un autre ouvrit les deux battants du salon, mais le gouverneur ne voulut pas être annoncé ; il fit, comme il en avait l'habitude, passer son élève avant lui, et s'assura que la porte était bien refermée sur eux.

Ce vaste salon, aux grands lambris de chêne, avec ses panneaux encadrant chacun une figure de guerrier ou de châtelaine d'autrefois, n'avait jamais paru à Henri plus solennel ni plus triste. Son cœur se contracta dès les premiers pas.

Ce fut en tremblant qu'il osa porter ses regards sur une femme assise près de la table du milieu. Un candélabre à trois branches, où brulaient des bougies d'une cire un peu jaune, ajoutait au caractère de cette scène par son reflet douteux.

Au bruit des pas, la dame inconnue se leva et fit un mouvement comme pour aller au-devant de ceux qui entraient. Mais elle se reprit, et demeura debout, dans une attitude qui permit au jeune homme de la bien distinguer. Il se contint à son tour, et se laissa conduire.

Le vieux gentilhomme, balayant le tapis des plumes de son feutre, et sans porter les yeux jusqu'à cette visiteuse imposante, lui désigna son élève par cette brève présentation :

— Monseigneur Henri.

Le jeune homme salua à son tour, mais assez fièrement, et la dame répondit :

— C'est bien.

Ces deux mots, ou plutôt cet accent fit passer

Quelles conséquences tirez-vous de cette ressemblance merveilleuse.

un frisson indéfinissable à travers les fibres du jeune homme.

La dame s'était rassise; le gouverneur demanda avec hésitation :

— Souhaitez-vous, madame, que je me retire?

— Non pas! restez, monsieur!

A la vivacité de cet ordre, elle paraissait craindre de se trouver seule avec Henri; sans doute elle s'imposait la présence d'un tiers pour se mettre en garde contre elle-même.

— Vous souvenez-vous de moi, monsieur? reprit-elle, sans préambule, en fixant sur le jeune homme ses prunelles bleues au reflet pers.

— Oui, madame, répondit-il; il y a vingt ans, une femme vêtue de noir comme vous voici, ayant vos traits, votre voix, votre regard, s'arrêta dans ce domaine, comme vous venez de vous y arrêter, me fit venir devant elle, comme j'y suis en ce moment, me considéra... comme vous me considérez... m'embrassa et partit.

Henri était pâle, mais son interlocutrice plus pâle encore. Elle répéta avec amertume :

— Vingt ans!... Puis elle ajouta : — Depuis lors, mes cheveux ont blanchi, mon front a pris des rides... je ne suis pas l'ombre de moi-même... A quoi me reconnaissez-vous donc?

Il ne répondit rien, mais il porta par un geste éloquent et soudain la main sur sa poitrine.

Elle disait vrai, d'ailleurs, il fallait l'intuition secrète qui était en lui pour la reconnaître à cette distance de temps. Il l'avait vue dans la splendeur de son automne, aujourd'hui il la retrouvait vieille. Les souffrances physiques, le germe d'une maladie qui ne pardonne pas à son sexe, se joignaient aux années pour détruire ce qui eût pu subsister de ses charmes.

— Etes-vous heureux?... lui demanda-t-elle après un silence.

— Je pourrais l'être, si je connaissais ma mère...

Le gouverneur bondit sur lui-même, épouvanté par la hardiesse de cette allusion. Mais la dame, loin de s'irriter, devint plus triste, et répondit avec un soupir :

— Votre mère!... Ne la blâmez, ne la condamnez jamais, monsieur, car rien ne vous dit qu'elle n'ait pas souffert plus que vous de cette séparation...

Il osa insister, sentant bien qu'il jouait une partie décisive. Sans se laisser imposer par cette voix douloureuse, sans avoir égard aux gestes désespérés de son gouverneur, il reprit donc :

— Il faut m'excuser, madame, je n'ai pas été élevé comme les autres enfants; le luxe même qui m'environne est une énigme... J'ignore les usages, les exigences de ce monde, où vous occupez sans doute un rang trop élevé pour comprendre ces choses intimes. Cette existence d'exception doit susciter en moi, je le sens, des aspirations exceptionnelles. Souvent, au sein des superfluités dont la bienveillance de monsieur mon gouverneur m'accable, je me suis pris à envier la condition des pauvres enfants campagnards, qui jouaient en haillons entre les bras d'une femme qu'ils appelaient : Ma mère!...

— Ah! de grâce!... fit l'inconnue en se voilant le visage de ses mains; assez!...

Il s'élança jusqu'à elle, et fléchissant le genou :

— Madame, vous pleurez!... mes paroles ont trouvé en votre âme une corde compatissante... Eh bien, ne soyez pas miséricordieuse à demi. Que votre pitié ne reste pas stérile... madame... un seul mot : avez-vous connu ma mère?

En proie à une lutte terrible, elle se leva pour la seconde fois, et s'approchant du gouverneur :

— Je me croyais plus forte... dit-elle à son oreille. Emmenez-moi, monsieur, emmenez-moi!...

Il redoutait évidemment trop lui-même un plus long entretien pour ne pas obéir aussitôt.

— Oui, madame, dit-il, venez... il est temps!...

Mais le jeune homme se traîna jusqu'à elle, dans son attitude suppliante, et saisissant un pan de sa mante de velours :

— Me quittez-vous ainsi, s'écria-t-il, sans un mot, sans un regard, qui console mon présent, qui rassérène mon avenir!...

— Il me navre!... murmura-t-elle, de façon à n'être entendue que du gouverneur.

Mais celui-ci entrevoyait sans doute un péril grave dans un nouvel épanchement; il chercha à l'entraîner :

— Parler, c'est le perdre! dit-il.

— C'est vrai!... c'est vrai!...

— Madame, implorait le jeune homme, rien qu'un mot! rien qu'un regard!...

Elle passa avec angoisse sa main sur son front inondé d'une sueur glacée, puis, la lui tendant et l'abandonnant à ses lèvres, qui s'y posèrent avec respect et ferveur :

— Plaignez votre mère, dit-elle, et sachez-lui gré du silence même que vous lui reprochez... Mais, par-dessus tout, priez Dieu qu'il vous la conserve, car après elle, lui seul sera entre vos ennemis et vous, lui seul pourra vous défendre.

— Je prierai pour vous! répondit-il.

Elle détacha une petite croix qui pendait sur son sein, par-dessous sa mante, et la lui passa au cou.

— Adieu!... dit-elle.

Et sans résister davantage, elle se laissa emmener par le gouverneur.

Elle traversa sans rien dire la longue enfilade des appartements; ce fut seulement en arrivant au perron, où la fraîcheur de l'air apaisa l'ardeur de son front, qu'elle ralentit le pas, et dit au gouverneur, qui probablement était à même de comprendre :

— Ce serait le portrait frappant de l'*autre*... si ce n'est qu'il est plus beau!...

A quoi le gouverneur répondit :

— Pour lui-même, madame, vous l'avez dit, il faut l'oublier!

— Hélas!... soupira-t-elle.

Suivant les ordres qu'ils avaient reçus, les laquais avaient remplacé les chevaux fatigués par les meilleures bêtes des écuries du château, et le cocher attendait déjà sur son siége, au bas du perron.

La voyageuse ne pouvait se résoudre à descendre les degrés. Une attraction invincible l'attachait à ces lieux.

— Monsieur, dit-elle à son compagnon, après une grande violence sur elle-même, je ne me le dissimule pas, mes forces sont à bout. Un mal cruel me dévore... C'est notre dernière entrevue... Vous savez qu'il n'a pas tenu à moi de venir plus souvent... Cependant, j'éprouve des regrets... pis que cela, dit-elle avec une expression terrible, des remords!... Vous seul pouvez les adoucir en vous engageant à accomplir jusqu'au bout votre tâche...

— N'avez-vous pas mes serments, madame?..

— Allons, dit-elle, j'en deviendrai folle!... Je connais le mérite de votre dévouement... et je vous en remercie...

Au moment de gravir le marchepied, elle tourna ses regards vers les fenêtres de la grande salle; une silhouette se détachait derrière le vitrage du milieu. Elle tressaillit en l'apercevant et se jeta précipitamment au fond de la berline, qui s'éloigna aussi vite qu'elle était venue.

III

LA DERNIÈRE CONFESSION.

L'année 1666 commença fort tristement à la cour de France. La reine mère, Anne d'Autriche, qui portait en elle, depuis un an, le germe d'une maladie mortelle, avait été portée de Saint-Germain au Louvre, par ordre de ses médecins, dans les dernières semaines de décembre. Malgré leurs soins, le mal en était venu à faire des progrès rapides et effrayants.

Cette maladie paraissait le résultat des rigueurs religieuses auxquelles elle s'était astreinte à mesure qu'elle avançait en âge, répétant à ceux qui l'engageaient à se ménager davantage, que quand on avait passé une partie de son existence à pécher, il n'était que juste de consacrer le reste à le regretter.

Elle s'était de la sorte soumise, pendant le carême de 1865, à de telles austérités, à de telles épreuves, qu'elles en ressentit un érésipèle qui lui couvrit la moitié du corps et lui laissa, en disparaissant, une petite glande au sein gauche. L'ignorance des médecins empira le mal; bientôt il se transforma en un cancer, auquel se joignit un abcès au bras.

Elle finit l'année 1665 et commença le mois de janvier sous le coup d'une sentence désespérée de la Faculté, et sans se dissimuler la gravité de son état. Elle se voyait tomber littéralement en lambeaux et disait tristement :

— Les autres ne pourrissent qu'après leur mort, moi je suis condamnée à pourrir pendant ma vie.

Alors elle demandait, avec un redoublement de ferveur, du soulagement pour son corps et surtout pour son esprit, aux pratiques religieuses.

Chose bizarre, mais qui a sa signification dans notre récit, elle ne cessait pas, au milieu de cette mort prématurée, alors que son corps n'était qu'une plaie, d'apporter un soin minutieux à sa toilette. On sait, du reste, les raffinements de toute sa vie; on ne pouvait jamais trouver de batiste assez délicate pour elle. Mazarin lui répétait souvent que, si elle allait en enfer, son supplice serait de coucher dans des draps de toile de Hollande.

La gangrène s'étant déclarée le 19 janvier, les médecins déclarent qu'elle n'avait pas deux jours à vivre. On instruisit en conséquence le roi et son frère, plus jeune que lui de deux ans, de cette situation.

La malade reçut l'extrême-onction et communia en pleine connaissance, devant toute la cour, c'est-à-dire entourée des principaux dignitaires, les portes de ses appartements ouvertes, pour être aperçue de ceux qui n'avaient pu entrer dans sa chambre.

Son sang-froid, sa résignation, imprimèrent à cette scène un caractère d'une rare solennité.

La cérémonie terminée, elle demanda à rester seule avec son confesseur, en invitant ses fils à ne pas s'éloigner. Comme elle vit que le prêtre était en proie à une vive émotion :

— Mon père, dit-elle, il ne s'agit pas de trembler, mais de m'aider à accomplir la dernière et la plus rude pénitence qui m'ait été imposée.

— Souhaitez-vous, demanda-t-il, que nous recommençions ensemble les prières des agonisants?

L'ombre d'un sourire effleura douloureusement ses lèvres déjà ternies par la mort.

— Ce serait peu, dit-elle, pour ce qui me reste à expier, bien que le mal ait été involontaire de ma part.

Le prêtre écoutait cet aveu *in extremis* avec une vague épouvante. Elle continua, en se reprenant à plusieurs fois :

— Mon père, vous allez jurer devant ce crucifix, là, entre deux cierges, de ne jamais révéler un mot de ce secret.

Il étendit la main vers l'image bénite et dit :

— Je le jure!

Alors elle lui fit signe d'approcher, pour être sûre d'être entendue par lui seul, et lui parla quelque minutes. On ne sut jamais ce qu'elle lui confia ainsi, mais il est certain qu'au sortir de ce lugubre tête-à-tête, il était pour le moins aussi pâle et aussi défait que sa royale pénitente.

— Croyez-vous que Dieu me pardonne? demanda-t-elle en frémissant.

— Sa miséricorde est infinie, répondit-il, et vous avez beaucoup souffert.

Elle lui ordonna alors de prendre une clef, déposée sous son chevet, d'ouvrir un grand coffre où elle serrait ses bijoux et ses papiers, et d'en retirer une cassette qui avait appartenu au feu roi Louis XIII, son époux.

Ses désirs remplis et la cassette posée sur son lit, à portée de sa main, elle remercia le prêtre en le priant de faire entrer ses deux fils, mais eux seulement.

Ils se tenaient plongés en une grande douleur, dans la salle voisine, ainsi qu'elle les en avait priés. Un petit nombre de leurs intimes, en tête Louvois, ministre favori et confident du jeune monarque, se tenaient au fond, formant un groupe recueilli.

Les deux princes se rendirent à l'invitation du prêtre, et la porte se referma sur eux comme elle s'était refermée sur lui.

Les courtisans s'étant empressés pour obtenir des détails sur la moribonde, il leur répondit :

— Messieurs, la reine va mourir; priez pour elle.

Et, le voyant si défait, ils s'écartèrent sur son passage et se rapprochèrent de la porte du fond, pour être plus à portée de recevoir les augustes frères à leur sortie.

Ceux-ci reparurent au bout d'un quart d'heure, et l'un des seigneurs présents dans la salle, et qui se trouvait le plus près de l'entrée, affirma avoir entendu la reine mère s'écrier d'une voix éclatante, sans doute dans un de ces élans suprêmes, comme chez les moribonds :

— Ce que je vous dis, messieurs, faites-le; je vous le dis le saint sacrement sur les lèvres!...

Cette confidence devait être d'une nature terrible, car les deux frères, sortant presque aussitôt, portaient à leur tour, comme le confesseur, quelque chose de la pâleur livide de la mort sur leurs traits.

Le roi tenait un coffret qu'il étreignit contre lui par un mouvement nerveux et quasi convulsif.

Les courtisans, rangés au plus près pour lui faire leurs compliments de condoléance, s'écartèrent avec anxiété en apercevant la contraction de ses sourcils et le feu sombre de ses regards.

Il s'attacha au bras de Louvois, et l'emmena, accompagné de son frère, jusqu'à son cabinet de travail.

Comme la portière de la chambre mortuaire était restée ouverte derrière lui, un des seigneurs se hasarda à y pénétrer; d'autres allaient le suivre; mais s'étant approché du lit, il les arrêta d'un mot, qui se répandit aussitôt par tout le palais :

— La reine mère est morte!

Pendant que la cour et la ville s'agitaient à cette nouvelle, le roi, son frère et Louvois tenaient conseil autour du coffret mystérieux.

— Que faire, que faire?... répétait le jeune monarque, à demi fou d'anxiété et de terreur.

— Sire, dit le ministre, qui s'efforçait de conserver son sang-froid, ne vous alarmez pas, nous saurons trouver moyen de vous délivrer de ce tourment... Votre droit est inattaquable... et la raison d'Etat qui justifie la conduite de votre auguste père, serait là encore, s'il le fallait, pour justifier des mesures plus complètes...

— Mon frère, intervint le duc d'Orléans, rappelez-vous les dernières paroles de notre mère!...

Mais le jeune monarque répondit seulement :

— La raison d'Etat!... la raison d'Etat!...

Et le duc d'Orléans n'osa rien objecter.

— Enfin, sire, reprit Louvois, Votre Majesté ne souhaite-t-elle pas examiner ces papiers contenus dans cette boîte?

Pour réponse, le roi en souleva le couvercle et en tira deux feuilles de vélin, datées du 5 septembre 1838, revêtues de signatures authentiques, et scellées du petit sceau royal.

Ces actes, dont le lecteur connaît l'origine et le but, achevèrent de porter le trouble dans l'âme des deux princes.

Mais leur confident les lut sans se troubler.

— Avant toutes choses, sire, dit-il avec fermeté, il faut détruire ces pièces, elles n'ont plus de raison d'être. Grâce au ciel, vous vivrez longtemps et ce sont vos fils qui vous succéderont.

Sans même attendre son consentement, il jeta le vélin dans le foyer, où il se crispa, pétilla et finit par se consumer.

— Maintenant, reprit-il, plus de compétiteur, car il n'y a plus de preuves!

Mais le duc d'Orléans, ayant attiré à lui la cassette, poussa une exclamation de surprise; il venait d'y trouver un troisième écrit; celui-ci, recouvert d'un enveloppe et portant pour suscription : « Remis par monseigneur le cardinal de Richelieu. »

Il le tendit au roi, qui hésita à l'ouvrir. S'y étant décidé, il le lut avec rapidité, et d'ailleurs il contenait seulement deux lignes. Il est vrai qu'elles lui rendirent tout son effroi.

Cet écrit était celui que le cardinal avait remis naguère à Louis XIII, au sortir d'une entrevue avec les devins, et que le roi n'avait voulu communiquer à personne. Il portait cette sentence :

« Nés le même jour, les deux frères mourront le même jour. »

IV

MONSIEUR DE SAINT-MARS.

Louvois était un esprit vraiment distingué, mais essentiellement calculateur; rigide dans la voie de son ambition, et d'une sécheresse de cœur qui lui présentait comme des lacunes dans leur organisation la sensibilité et l'indulgence des autres. Il n'était pas homme à s'arrêter devant les superstitions vulgaires, et méprisait souverainement les sorciers et leurs oracles.

Mais il était trop bon courtisan pour heurter de front les faiblesses de son maître; il préférait les utiliser à son profit. Il se sentait, en ce moment, possesseur du secret le plus important de la monarchie, et acquérait, aux côtés du souverain, une place que nul ne pourrait lui disputer désormais.

Le duc d'Orléans ayant échoué dans ses faibles observations, en faveur du souvenir légué par la reine mère à ses fils, déclara qu'il ne voulait plus, en quelque façon que ce pût être, se trouver mêlé à cette affaire. — Elle regardait uniquement l'aîné de la famille, le possesseur du trône; pour lui elle était, dès cette heure, comme non avenue.

Elle restait donc aux mains du roi et de son confident, — et certes ils ne demandaient pas autre chose. Mais le prince ne pouvait s'en occuper directement, et Louvois sembla lui rendre un éminent service en consentant à en assumer la responsabilité et le soin.

En quittant les princes, il traversait lentement la cour du palais, songeant lui-même aux moyens de tenir cet engagement, lorsque son front s'éclaircit à la vue d'un seigneur qui le saluait de la manière la plus obséquieuse.

Il lui rendit son salut avec un sourire qui fit

rayonner ce courtisan en sous-ordre, et il lui dit en joignant le geste à la parole :

— Approchez donc, monsieur de Saint-Mars, ce m'est grand plaisir de vous rencontrer.

L'extérieur de ce personnage justifiait peu une telle marque de bienveillance. C'était, dit un chroniqueur, un garde du corps du roi, mince hobereau de Champagne, seigneur de Dinion et de Palteau. Il avait nom Bénigne d'Auvergne de Saint-Mars.

Qu'on se représente un homme grand, maigre, sec, au physique grêle et décrépit, à la face hâve et cadavéreuse, aux yeux petits, louches, gris et sillonnés de raies sanguinolentes. Sa bouche était large et difforme ; ses lèvres, minces et d'une teinte violacée, étaient affectées d'un tic nerveux presque incessant, qui imprimait à l'ensemble de cette physionomie une contraction effrayante. A la première vue, on semblait convaincu qu'aucun sentiment généreux ne pouvait se loger sous cette hideuse enveloppe ; et si, comme on dit, les traits du visage sont le miroir de l'âme, jamais miroir ne refléta plus de bassesse et de méchanceté.

L'historien qui nous fournit ces détails peu flattés ajoute que le personnage dont il est question avait, avant d'entrer dans les gardes du corps, et comme moyen de fortune, épousé la sœur d'une madame Dufrenoy, maîtresse en titre de Louvois.

Cette particularité éclaircit une partie essentielle de cette ténébreuse histoire; il fallait au confident royal un homme à sa merci, dont il fût sûr, et cette parenté illégitime servit de lien entre eux.

Il coupa court aux compliments et lui dit :

— L'affaire où vous allez est-elle si pressante que vous ne puissiez m'accompagner jusqu'à mon cabinet ?

— Aucune affaire ne me tient, quand il s'agit du service de Votre Excellence !

— Voilà une bonne réponse... En ce cas, veuillez venir avec moi.

Comme tous les ministres en titre, Louvois possédait au Louvre une installation complète, à portée du monarque. Il pressa le pas et s'enferma avec le garde du corps, qu'il fit asseoir en face et près de lui, de manière à ne rien perdre des jeux de sa physionomie.

— Monsieur de Saint-Mars, commença-t-il sans préambule, le roi a besoin de vous.

— De moi !...

L'ambitieux bondit de surprise et d'émotion sur son tabouret.

— Vous allez partir dans une heure.

— A l'instant, Excellence !

— On mettra à votre disposition les meilleurs chevaux des écuries royales; mais vous n'emmènerez qu'un de vos gens, celui en qui vous avez le plus de confiance.

— C'est dit, monseigneur, j'ai mon affaire.

— Sans indiscrétion, quel est cet homme?

— Comme il me paraît s'agir d'une entreprise délicate et pouvant exiger de l'énergie, ce ne sera pas, s'il plaît à Votre Excellence, mon valet de chambre. J'ai mieux à mon service. C'est un certain Rosarges, d'origine provençale, major dans les compagnies franches. Un particulier tout à moi.

— Ses défauts? demanda Louvois, en politique habitué à voir le fond des choses.

— Il n'en a qu'un... l'ivrognerie.

— Hum !... qui dit ivrogne, dit bavard.

— Excusez-moi, Excellence, le proverbe a tort, au moins pour cette fois. Mon Provençal ne boit qu'à ses heures, et il a le vin taciturne. S'il faut tout vous dire même, c'est quand il a bu qu'on en peut obtenir le plus de services. Le vin ne l'affaiblit et ne l'étourdit pas comme les autres. Il lui occasionne au contraire des accès vertigineux, qui en font un instrument aveugle, et au besoin terrible, pour ceux qui savent le manœuvrer.

— Décidément, murmura Louvois, vous êtes l'homme qu'il me faut.

Saint-Mars s'inclina avec une orgueilleuse modestie. Son protecteur tira de son bureau un sac gonflé d'or, dont la seule vue fit pétiller ses yeux sournois et fauves.

— Voici, dit le ministre, pour vos premières dépenses; Sa Majesté entend que l'on n'épargne rien pour son service. L'argent bien employé rapporte au centuple.

— S'il y a des langues à délier, des consciences à rassurer, Votre Excellence peut être tranquille; grâce à ses largesses, j'y mettrai le prix.

— C'est bien, persévérez, vous tenez votre fortune en vos mains.

— Je tâcherai qu'elle ne m'échappe pas plus que vos bonnes grâces, monseigneur.

Le ministre se leva pour témoigner que l'audience était terminée.

— Je n'ai plus qu'à vous souhaiter bon voyage et prompt retour.

Saint-Mars se leva à son exemple, et prit la sacoche qu'il retint sous le pan de son habit.

— Pardon, monseigneur, dit-il humblement, il ne me reste qu'à savoir où je dois aller.

Louvois aimait assez à être deviné, sans avoir à mettre les points sur les *i*, quand il donnait de ces missions. Cependant il comprit qu'il ne pouvait pas exiger une pénétration si complète en cette affaire, où lui-même était à peine renseigné. Mais il ne s'en montra guère plus explicite.

— Vous prendrez, dit-il, la route de Dijon ; sans vous arrêter dans cette ville, vous pousserez tout droit jusqu'au village de***, sur les bords de l'Armançon. Vous y séjournerez le moins possible pour revenir m'apprendre ce que vous y aurez vu.

— Saint-Mars possédait un flair trop délié pour en demander davantage; il savait que les intrigues les plus embrouillées sont les plus profitables. On ne pêche bien certains poissons qu'en eau trouble. L'affaire se présentait admirablement; il répondit par un sourire diabolique, baisa la main de son protecteur et s'éloigna.

Malgré la difficulté des voyages à cette époque, malgré les mystères dont sa mission était hérissée, malgré son séjour autorisé en Bourgogne, une semaine ne s'était pas écoulée, qu'il mettait pied à terre à l'hôtel privé du ministre.

Ses habits poudreux, sa perruque en désordre, son feutre déformé attestaient une longue étape sans débotter. C'était d'ailleurs une mise en scène adroite. Il n'eut pas besoin de se nommer aux huissiers; on le reçut en homme qu'on attend, et le ministre fut immédiatement visible.

Mais ce qui acheva d'édifier sur son crédit les gens de l'antichambre, et de le rehausser lui-même à ses propres yeux, c'est que son puissant patron dit à l'huissier :

— Avancez un siége à M. de Saint-Mars; — de quelque part qu'on se présente, je n'y suis pour personne!

A dire vrai, le siége n'était pas de trop, le confident de Son Excellence avait accompli plus que force. Il s'y laissa choir plutôt qu'il ne s'y assit; mais sa nature coriace et nerveuse, excitée par son ambition, ne tarda pas à lui venir en aide.

— Je vous écoute, dit le ministre.

— Je suis allé où vous m'avez dit, monseigneur, commença le messager, trop habile pour ne pas lire dans le calme peu sincère de son illustre interlocuteur une impatience fébrile. Ce n'est pas le village qui est intéressant, c'est le château.

L'agitation intérieure de Louvois se trahissait par les titillations de ses doigts sur les bras de son fauteuil, et par le coup d'œil étrange dirigé fréquemment sur un tapis qui recouvrait un objet déposé sur sa table.

— Cependant, continua Saint-Mars, ce château est peu habité, peu fréquenté surtout..... A côté s'élève une métairie... pour rire.

— Ah! ah!...

— Oui, des fermières en bas de soie, logées dans un pavillon magnifique.

— Parlez-moi du château, interrompit Louvois, redoutant les questions incidentes et pressé d'arriver au but.

— Le châtelain est un fort digne homme, un peu misanthrope, qui a entouré sa résidence d'un blocus rigoureux.

— Dont vous avez triomphé?...

— Sans beaucoup de peine, fit Saint-Mars souriant. — Chose bizarre, pour un seigneur de sa condition, il s'est fait le précepteur d'un jeune homme...

Louvois redoubla d'attention, mais Saint-Mars s'arrêta; son regard s'était dirigé sur un portrait en pied de Louis XIV, placé en face de lui, sur le panneau principal du cabinet. Ce n'était pas cette fois de la comédie, ce portrait l'attirait; — il se leva, s'en rapprocha, l'examina sous tous ses aspects, et murmura :

— C'est prodigieux! prodigieux!

Le ministre suivait ses mouvements avec une anxiété croissante, gagné par son émoi et ne cherchant plus à le questionner. Il revint s'asseoir, et fixant son œil sur celui de son interlocuteur, ce dont il n'y avait presque pas d'exemple :

— Monseigneur, dit-il, si je n'avais été certain que Sa Majesté chassât toute cette huitaine à Fontainebleau, j'aurais juré qu'elle se tenait incognito dans ce manoir bourguignon.

La pâleur de Louvois devint livide.

— Quelles conséquences tirez-vous de cette ressemblance merveilleuse entre ce jeune homme, confiné dans un vieux château, et Sa Majesté le roi de France?

— Mon Dieu, monseigneur, la confiance dont vous m'honorez m'impose une entière franchise. Je répondrai à votre question par l'exposé de ma conduite. Je me suis présenté au château comme chargé d'annoncer la mort de la reine mère.

— Pas mal! fit à demi-voix le ministre.

— Le châtelain a reçu cette nouvelle ainsi qu'un coup de foudre.

— Et l'élève?

— L'élève avec indifférence.

— D'où vous concluez?...

— Que le précepteur est beaucoup plus instruit que l'écolier.

Il y avait un temps de silence entre chaque demande et chaque réponse. Il devenait évident que Saint-Mars, avec sa pénétration diabolique, en savait maintenant autant, sinon plus, que son patron.

— Ne tirez-vous point d'autre conséquence encore de cette situation de l'élève et du maître?

— Si fait, monseigneur, celle-ci : l'élève m'a paru, sous l'enveloppe d'une grande douceur, cacher le germe de passions et de volontés capables d'une extrême exaltation. Le maître, au contraire, est un homme usé, dont l'énergie primitive s'en va sous le coup des années et de l'existence anormale où on l'a réduit. Dans cette situation, il est à craindre que le jeune homme, déjà en éveil sur le mystère de sa naissance, n'arrive à lui arracher des éclaircissements dangereux.

— Il faut empêcher cela!... exclama Louvois effrayé par cette perspective.

Puis, voulant avoir toute la pensée de son confident :

— Qu'appréhendez-vous donc de cette ressemblance, dont vous avez été frappé?...

Saint-Mars comprit parfaitement le dilemme : ou Louvois allait faire de lui son complice dans une machination terrible, ou il allait en faire sa victime. Il manœuvra de façon à éviter cette dernière alternative et à se rendre indispensable.

— Monseigneur, mon avis est que moins il y a de gens dans un secret, plus ces gens sont liés par leur intérêt à le garder, mieux vont les choses. Le gouverneur est un homme dangereux, car son intérêt précisément se trouve aujourd'hui en opposition avec des raisons d'Etat infiniment plus graves. Qu'il dise un mot à ce jeune fou, et nous aurons peut-être la guerre civile.

— Vous voyez les choses en noir, monsieur ! murmura le ministre.

Mais cette interjection n'arrêta pas Saint-Mars; il sentait que son patron était au fond du même avis.

— Votre Excellence ne peut ignorer les bruits étranges qui coururent lors de la naissance de notre auguste souverain... bruits, calomnies absurdes ! Mais la malignité se sert de toutes les armes. Qu'un intrigant surgisse, — le parti huguenot n'en renferme qu'un trop grand nombre, — que ce jeune homme, armé d'une confidence imaginaire, mais fort de cette ressemblance prodigieuse, se présente aux factieux...

Saint-Mars s'arrêta devant la préoccupation empreinte sur les traits de son noble interlocuteur.

Celui-ci s'arracha enfin à ses réflexions. Il venait de prendre un parti :

— Monsieur de Saint-Mars, dit-il, vous êtes un homme d'intelligence...

— Monseigneur !...

— Pas de fausse modestie; en tout ceci il faut jouer cartes sur table. Etes-vous, de même, homme d'action ?

— Je n'ai qu'un mot à répondre : Excellence, mettez-moi à l'épreuve.

— C'est précisément ce que je vais faire. Cette horloge accuse deux heures de relevée. Rentrez chez vous, vous refaire et vous ajuster ; je vous attendrai ici à six heures pour vous conduire vers quelqu'un.

Ce mot quelqu'un prit dans sa bouche une importance qui fit tressaillir son confident.

— Monseigneur, je suis à vous, à la vie, à la mort.

Et il s'en alla enfiévré de joie et d'orgueil.

A l'heure précise il était dans l'antichambre du ministre. Le carrosse de celui-ci était déjà au bas du perron. Ils y montèrent ensemble.

Le cocher prit la direction du Louvre. Ils n'échangèrent pas un mot jusqu'à la place Saint-Germain-l'Auxerrois. Seulement alors, Louvois dit à son compagnon :

— Il n'est pas nécessaire que vous reconnaissiez la personne à qui je vais vous présenter.

— Je ne la reconnaîtrai point, Excellence.

— Si elle vous questionne, vous répondrez brièvement, et vous l'appellerez monseigneur.

L'équipage franchissait déjà la grille massive qui défendait, de ce côté, la principale entrée du palais.

Ils pénétrèrent dans l'aile principale par des escaliers de service dont le ministre avait les clefs ou le secret, et arrivèrent, sans aucune rencontre, dans un salon de travail d'un luxe prodigieux. Cependant, l'éclairage répondait peu à cette magnificence : une seule bougie brûlait isolée dans un des candélabres de la cheminée.

Quelqu'un se tenait près d'un guéridon chargé de cartes et de papiers, au milieu de la pièce, tournant le dos à cette maigre lumière. Cette personne n'espérait pas sans doute qu'on se méprît sur son identité, mais elle voulait dérober à ses interlocuteurs les impressions de sa physionomie.

Elle répondit de la main à leurs salutations et dit à Louvois :

— C'est là M. de Saint-Mars ?

Le ministre s'inclina affirmativement.

— J'ai voulu vous voir et vous parler moi-même, monsieur, reprit la personne ; M. de Louvois m'a fort vanté votre dévouement au roi ; il me plaît d'en faire l'expérience.

— Qu'ordonne Sa Majesté au plus humble de ses serviteurs ? demanda Saint-Mars.

— Connaissez-vous le bourg d'Exilles ? C'est une très-jolie résidence, italienne par le climat, française par les mœurs, avec un château-fort pareil à une villa de plaisance ?...

— Sire.. monseigneur, je suis prêt à partir pour Exilles ; mais partirai-je seul ?...

— Décidément, fit son interlocuteur, Louvois ne m'a pas trompé ; vous avez de la pénétration. Non, monsieur de Saint-Mars ; en vous nommant gouverneur d'Exilles, le roi vous donne un compagnon.

— Alors, monseigneur, en me rendant à ma résidence, je passerai par un village de Bourgogne, voisin de Dijon, pour y prendre ce camarade de voyage ?

— On ne saurait mieux dire. Les détails regardent Louvois et vous. J'ai tenu seulement à vous donner quelques recommandations, et à vous dire moi-même que le roi saura tout ce que vous ferez pour son service, et le reconnaîtra.

Il y eut une pause, l'illustre interlocuteur se recueillait.

— Avant toutes choses, reprit-il, vous vous assurerez de la force de la place et des gens que vous emploierez... En second lieu, vous aurez pour le *prisonnier*.. :

Ce mot, articulé pour la première fois entre ces trois hommes, ne causa pourtant nulle impression à aucun d'eux.

— Vous aurez pour le prisonnier des égards, un respect, une déférence, qui ne s'arrêteront que devant la nécessité de le retenir captif. Vous ne l'appellerez jamais autrement que monseigneur ; vous ne lui parlerez que chapeau bas, et vous ne vous assoirez devant lui que quand il vous le permettra. Ce jeune homme a dans les veines un sang devant lequel tous doivent s'incliner, lors même que la nécessité du bien public exige qu'on prenne contre lui certaines mesures pénibles.

— Le roi sera obéi, monseigneur.

— Un dernier mot, et celui-ci sur votre vie! De même que ce jeune homme ne doit jamais soupçonner ce qui peut se dire sur son origine, de même son existence est chère à une personne auguste. Que les soins, les attentions ne lui manquent jamais; que l'on pourvoie avec sollicitude aux exigences de sa santé... Enfin, monsieur, quoi qu'il puisse arriver, que pas un cheveu ne tombe de sa tête!

D'un geste vraiment superbe il les congédia.

Une conférence entre les deux agents de cette royale sentence s'établit ensuite dans le cabinet de Louvois. Ce dernier remit au nouveau commandant du fort d'Exilles les pouvoirs écrits présumés nécessaires, et, sur le point de le congédier :

— Vous vous rappelez, lui dit-il, le dernier mot du roi?

— Oui, monseigneur: « Quoi qu'il arrive, il ne doit pas tomber un cheveu de la tête du prisonnier. »

— Bien ; maintenant, retenez et méditez le mien : Sa Majesté est toujours dupe de sa bonté. Nous avons pour devoir de la protéger contre elle-même.

— Vos paroles sont profondes, monseigneur, prononça lentement Saint-Mars, mais on tâchera de les comprendre.

Il écarta comme par hasard le revers de son habit, et laissa voir la crosse d'un pistolet.

— A merveille! reprit le ministre; mais c'est là une extrémité suprême; avant d'y recourir, nous avons d'autres moyens pour empêcher d'établir une comparaison dangereuse entre deux visages que le hasard a faits pareils...

En disant cela, le ministre souleva la draperie étendue sur sa table et montra à son confident une image étrange, qui lui causa une impression involontaire; c'était comme le moule d'un visage, ou plutôt un assemblage de lames d'acier, industrieusement ajustées et formant un masque de fer.

Puis, Louvois posa un doigt sur ses lèvres, en signe de discrétion, recouvrit de sa tenture l'horrible machine, et congédia son affidé.

V

LA PRISON D'EXILLES.

Lorsque Saint-Mars reparut au château des bords de l'Armançon, un pressentiment sinistre traversa l'esprit du vieux gentilhomme.

L'agent de Louvois avait choisi son heure. C'était à la fin de la soirée, peu d'instants avant celui où les hôtes de la résidence, habitués à une vie régulière, avaient coutume de se coucher.

Henri, suivant sa coutume, faisait la veillée entre sa sœur d'adoption et sa nourrice ; il n'allait pas tarder à rentrer, si déjà il ne l'était pas.

M. de Saint-Mars avait disposé, aux abords déserts et sombres des deux habitations, des groupes de gens à lui, c'est-à-dire prêts à tout, hormis au bien. Mais il se présenta au châtelain accompagné seulement de son favori Rosarges.

Comme il n'avait pas dissimulé son nom à son précédent voyage, se disant alors envoyé pour annoncer la mort de la reine-mère, le gentilhomme comprit de suite qu'une nouvelle et plus grave mission le ramenait.

— Monsieur de Saint-Mars! s'écria-t-il, vous m'apportez un avis de la cour?

— Je suis bien aise, monsieur, répondit le messager, que vous m'évitiez la peine de vous le dire.

— Ces nouvelles sont-elles donc si fâcheuses?...

— Ordre du roi, monsieur!

Et il déplia, sous les yeux du vieux gentilhomme, un papier au sceau royal.

A cette époque de ferveur chevaleresque et de fanatisme monarchique, tout bon gentilhomme était accoutumé à fléchir sa volonté devant un talisman pareil. S'il y avait quelque chose d'odieux au souverain à mésuser de ce prestige, il faut reconnaître qu'il y avait une loyauté et une noblesse bien grandes chez ceux qui s'inclinaient sans réplique sous cette volonté, à laquelle ils avaient juré obéissance aveugle, absolue.

— Que veut Sa Majesté? demanda le châtelain.

— Votre épée, monsieur.

Il la tira, la baisa avec ferveur et la lui remit, par un geste d'une dignité imposante.

— Remettez-la donc à celui qui me la reprend, monsieur, mais dites-lui qu'elle a vaillamment combattu pour son auguste père, et que, s'il me la remet un jour, elle sera prête encore à combattre pour lui.

— Ce n'est pas tout.

— Achevez, monsieur; rien ne m'étonne; car je suis, depuis longtemps, préparé à tout. Les choses devaient finir ainsi!

— Je vois avec satisfaction que vous acceptez de bonne grâce les volontés de Sa Majesté. En con-

Les hommes de Rosarges.

séquence, veuillez ordonner qu'on prépare votre voiture de voyage...

— Vais-je donc partir?

— En compagnie de M. le major; — il désigna Rosarges. C'est lui qui vous conduira à destination.

— Et cette destination, c'est Paris, sans doute? Le roi a le désir de conférer avec moi?

— Sur ce point mes instructions sont muettes.

— Enfin, vous savez où vous devez me mener? dit-il en se tournant vers Rosarges.

L'œil luisant, les pommettes empourprées, l'haleine avinée de celui-ci indiquaient que son chef avait usé de son spécifique favori pour lui donner toute la rudesse nécessaire en cette circonstance.

— Vous le verrez quand nous serons arrivés, répondit-il grossièrement.

Le châtelain, renonçant à lui adresser la parole, dit alors à Saint-Mars:

— C'est bien avec cet homme que je dois voyager?

— Oui, monsieur, sous sa garde.

Et Saint-Mars remit le mandat au sceau royal à Rosarges.

— Sous ma garde! répéta celui-ci.

—Que la volonté du roi s'accomplisse! murmura le vieillard en laissant tomber sa tête sur sa poitrine.

Saint-Mars reprit :

— A présent, vous comprenez peut-être, monsieur, que ceci est seulement la moitié de ma tâche?

Un sourire navrant effleura les lèvres du vieux gentilhomme.

— Ah! c'est juste, mon élève...

Puis, retrouvant dans cette pensée l'énergie qu'il n'avait pas eue pour lui-même :

— En vérité, monsieur, est-ce que vous allez l'arrêter aussi?...

— Encore une question à laquelle je ne saurais répondre.

— Ecoutez, monsieur, je vois que vous connaissez tout. Pour moi, je suis coupable sans doute de m'être trouvé, par un coup funeste du hasard, mêlé à un secret de cette importance. Le roi veut m'en punir... c'est rigoureux !.:. Cependant vous voyez que je ne récrimine pas, je me résigne... Mais ce jeune homme... lui, ne sait rien, monsieur, rien, je vous le jure ! Il n'est même pas comme moi coupable sans le vouloir... Il a vécu ici dans un isolement absolu; il n'a pas franchi les limites de ce domaine... Il n'est dangereux à aucun point de vue... Est-ce que, lui aussi, vous allez l'arrêter ?...

— Silence !... ordonna l'agent de Louvois.

Quelqu'un s'avançait, c'était Henri.

Il entra la tête haute, le maintien fier, campé avec hardiesse autant qu'avec grâce, la main sur la garde de son épée. Il était en grand deuil, mais son costume offrait une recherche exquise dans sa gravité, et faisait ressortir mieux encore le caractère de sa physionomie.

Rosarges eut un éblouissement. Ses lèvres balbutièrent à l'oreille de son chef un mot effrayé :

— Le roi !

Heureusement, Saint-Mars seul entendit, et d'un coup d'œil terrible le rappela à lui. Mais, en même temps, il prit son feutre et s'inclina jusqu'à terre.

— Salut, messieurs ! dit le jeune homme. Puis, s'adressant à son gouverneur : — Que se passe-t-il donc? demanda-t-il. On m'avait bien dit que je trouverais ici deux officiers du roi ; mais, tout à l'heure, en sortant du pavillon de la métairie, j'ai distingué, sous les murs du parc, un groupe de gens de mauvaise mine...

— Mes hommes !... interjeta involontairement le major, atteint dans sa susceptibilité.

C'était lui, en sa qualité d'officier de corps francs, qui avait recruté cette honorable escouade.

— Je ne vous en fais pas mon compliment, monsieur, répliqua Henri ; pour le peu que j'en ai démêlé dans l'ombre, ils ressemblent plus à des rufians qu'à des gens d'armes.

Un regard impérieux de Saint-Mars arrêta la riposte sur les lèvres du major.

— Vous m'aviez tu ce détail, monsieur? dit le gouverneur à Saint-Mars.

— Ces gens ne sont là que comme un en cas ; à quoi bon en parler, puisque, grâce à votre soumission et à celle de monseigneur, leur concours devient sans objet ?

— Ma soumission ?... demanda Henri, à vous, monsieur?

— Non, monseigneur, mais au roi.

— Au roi ?...

Saint-Mars déplia un second mandat.

— Voici l'ordre de Sa Majesté qui vous concerne.

— Que peut me vouloir le roi ?...

— Il vous ordonne de me remettre votre épée et de m'accompagner où j'ai mission de vous conduire.

— Mon épée?... vous suivre?... Voyons ça! Suis-je éveillé et en possession de mes sens?...

— Monseigneur, fit Saint-Mars d'un ton mielleux, imitez votre gouverneur, soumettez-vous.

— Mais en effet !... s'écria-t-il en voyant l'épée de son gouverneur sous le bras de l'agent de Louvois, cette arme, c'est la vôtre, monsieur ?

— Monseigneur, dit le vieillard d'un ton suppliant, un gentilhomme ne porte son épée qu'au nom du roi ; quand le roi la demande, il doit la déposer.

— Le roi ! le roi !... on ne parle que de lui ici, et c'est pour commettre des actes de violence et d'iniquité !

— Monseigneur !... exclamèrent avec un même sentiment d'effroi le gouverneur et Saint-Mars.

— Eh bien ! qu'ai-je donc proféré de si terrible?

Et le jeune homme, en proie à un de ces accès d'indignation et de colère d'autant plus vifs qu'ils étaient plus rares avec sa bienveillance innée, porta sur les assistants un regard si fier, qu'il fit baisser les yeux à Rosarges lui-même.

S'exaltant de sa propre violence, il reprit :

— Enfin, expliquez-vous, monsieur, vous qui venez porteur et exécuteur de ces ordres étranges, arbitraires, ténébreux !... Voici monsieur, qui est un gentilhomme du meilleur sang, auquel il n'a jamais échappé une parole irrespectueuse pour le prince, qui passe sa vie à faire le bonheur de ses vassaux, qui serait un patriarche, et auquel vous venez ainsi, tout d'un coup, sans pouvoir en dire la raison, réclamer son épée et ravir sa liberté...

— Monseigneur, interrompit Saint-Mars, on ne raisonne pas les ordres du roi !

— Encore !... Ah ! je ne suis, on me l'a affirmé du moins, que le rejeton perdu ou dédaigné d'une grande famille, mais si j'étais roi, seulement un jour, par Charlemagne ! je voudrais en une fois couper la tête à tous les abus !...

A la façon dont il avait dit ces mots, que tant d'autres répètent sans qu'on y prenne garde : *Si j'étais roi !...* les assistants pâlirent soudain ; il semblait que ce ne fût pas une vaine hypothèse qui passait devant leurs yeux, mais une évocation.

— Monseigneur, reprit hypocritement Saint-Mars, ayez égard à notre position à nous-mêmes; nous ne sommes que d'humbles interprètes des volontés d'en haut. Notre vie répond de l'exécution des ordres qu'on nous donne... S'il fallait recourir à la contrainte...

— La contrainte !... venez-y donc !...

Il tira, sur cette menace, son épée et la fit flamboyer.

Rosarges consulta son chef du regard pour savoir s'il fallait appeler du renfort. Le gouverneur surprit heureusement ce geste, et, redoutant une collision, il n'hésita pas à se jeter aux pieds du bouillant jeune homme :

— Monseigneur ! s'écria-t-il, si vous croyez devoir quelque considération à mes cheveux blancs, baissez !

Cette prière apaisa sa fureur. Il ne put voir sans émotion ce mouvement d'un homme qu'il était habitué à respecter.

— Relevez-vous, monsieur, lui dit-il ; votre douleur aura fait ce que n'eût jamais obtenu la violence.

En même temps il posa la lame de son épée sous son pied, et, l'ayant brisée, il en montra les morceaux sur le parquet à l'agent de Louvois :

— Vous pouvez les prendre, monsieur, dit-il.

Cette tournure des choses soulagea Saint-Mars d'un grand poids.

— Partons ! fit-il.

— Embrassons-nous du moins auparavant, dit Henri en ouvrant ses bras à son gouverneur. — Ah ! monsieur, vous avez eu raison de me faire prendre ces habits de deuil, ils conviennent à notre fortune.

— C'est le deuil de la reine mère que vous portez ? demanda Saint-Mars.

— Comme doivent le porter tous les nobles de France, répondit-il.

En ce moment, son gouverneur s'étant jeté dans ses bras, lui dit à l'oreille :

— Mon fils, votre mère est morte !...

Ce mot passa comme un vertige à travers son cerveau. Il eut un étourdissement et se laissa choir sur un siége.

Ses persécuteurs en profitèrent pour entraîner le vieillard.

Henri reprit ses sens presque aussitôt et s'aperçut qu'il était seul avec Saint-Mars.

— Allons, monsieur, dit-il, en proie à un accablement qui comprimait ses forces, je suis prêt !...

— Et vous n'aurez pas de regret de votre condescendance, monseigneur, fit le doucereux geôlier ; il ne manquera rien autour de vous des égards et des soins propres à alléger cette épreuve.

Une nouvelle angoisse l'attendait cependant encore. Au moment où s'ouvrait la pièce précédant la salle, un sanglot frappa son oreille ou plutôt son cœur ; Charlotte, qui était là depuis une heure, avait tout entendu ; elle s'élança vers lui, lui faisant de ses bras une chaîne qu'il ne pouvait plus rompre.

Il fallut s'y résoudre pourtant. Prenant dans ses bras la pauvre enfant demi morte, il la posa sur un fauteuil et lui passa autour du cou la croix, unique souvenir de sa mère

Saint-Mars, fort insensible à cette scène, se tenta d'entraîner son prisonnier, non sans jeter un regard empreint d'une convoitise hideuse sur la pauvre fille, qui se voyait enlever son premier, son unique amour !

Tandis qu'il prenait, avec une escorte peu nombreuse, mais armée de toutes pièces et déterminée à tout, la route de l'est, son complice, Rosarges, emmenait le vieux gentilhomme vers une forteresse qui devait absorber également le secret de sa mort, et jusqu'à son nom ! — Du moins, jusqu'ici, les recherches les plus studieuses n'ont pu les faire découvrir.

L'escorte et les armes étaient de trop. Henri se laissa mener jusqu'à Exilles sans manifester un sentiment, sans articuler un mot qui permît de reconnaître s'il avait encore la conscience de lui-même. C'était un anéantissement si absolu, que son geôlier dut craindre que sa proie ne lui échappât par la mort.

C'est à cette appréhension peut-être que le prisonnier fut redevable d'une installation et de traitements humains dans la forteresse. Il avait un appartement meublé avec soin ; on prévenait ses désirs, surtout en ce qui concernait son goût pour les beaux habits et le beau linge, — goût qu'avait partagé avec lui la feue reine. Il était aussi libre qu'on peut l'être dans une prison d'État, vaguant dans les logements du chef de la place comme dans le sien, et jouissant d'un jardin en miniature.

Il était dans toute la séve de la jeunesse, il avait reçu de la nature un tempérament exceptionnellement vigoureux ; cette force physique contribua à ranimer son moral.

Mais alors son imagination entra dans une vie nouvelle. Il se prit à réfléchir sur l'étrangeté de sa destinée. Ceci devint une idée fixe ; il prétendit approfondir ce secret dont il était victime depuis sa naissance.

En se rappelant les circonstances de son arrestation un rapprochement le saisit : au moment où on parlait du deuil de la reine mère, son précepteur lui avait dit : — Votre mère est morte !

Que signifiait cela ? — Sans qu'il pût, sans qu'il osât s'en rendre compte, ces deux noms, celui de la feue reine et celui de sa mère, se réunissaient dans son esprit, et s'y soudaient invinciblement.

Un jour que ces pensées le tenaient et que M. de Saint-Mars, attiré dans une autre partie du château fort par le service, l'avait laissé seul dans son appartement, son regard tomba sur une cassette d'ébène à incrustation, placée sur une console.

Sa prunelle s'alluma comme s'il l'apercevait pour la première fois, — car pour la première fois il se rappelait que le commandant serrait dans un coffre ses messages de Paris.

Ses joues s'empourprèrent, ses tempes se mirent à battre, une idée lui était venue... Repoussée d'abord avec indignation, elle reparaissait plus brûlante. Ce coffre le fascinait, l'attirait...

Enfin! c'était là que se cachaient indubitablement les mystères de son existence!... Ces secrets étaient les siens; c'était en leur nom qu'on disposait sans merci de sa liberté, de son bonheur!...

Et le coffre l'attirait toujours!

Cédant à ce magnétisme, il se leva, marcha vers la console, et ses mains s'attachèrent à l'ébène avec la soudaineté qui attache le fer à l'aimant.

Le coffre était fermé, il le soupesa; — au poids il comprit que sous l'enveloppe de luxe était une garniture d'acier.

N'importe! il n'était pas dit qu'il aurait eu la mauvaise pensée sans la réaliser. Il éleva la cassette de toute la hauteur de ses bras, et la laissa retomber lourdement sur la dalle.

Ce choc faussa un des angles, la serrure céda, des papiers s'échappèrent par le couvercle béant.

Exalté jusqu'au délire, il se précipita, les recueillit tous ensemble; il eût voulu les lire tous à la fois aussi. Mais le premier qu'il dévora au hasard lui en apprit assez.

Imprudence incroyable pour un homme tel que Louvois! Cette indiscrétion, cette audace du prisonnier étaient si peu prévues, que le ministre donnait à son confident des instructions précisées de manière à porter la clarté dans un esprit déjà en éveil comme le sien.

Du premier coup le voile de sa naissance, ce point de départ de toutes les persécutions dont il était l'objet, se déchira.

Il n'avait pas eu le temps de parcourir un second écrit, que le commandant paraissait sur le seuil du salon. Un coup d'œil lui révéla le bris de la cassette où reposaient ses archives; il s'arrêta stupéfait :

— Monseigneur!... s'écria-t-il.

Alors tirant la porte, dont il tenait encore le bouton, il enferma le jeune homme dans la pièce, mais pour revenir avec des gens capables de lui prêter main-forte et de le transporter, bon gré malgré, dans une chambre du donjon.

Ce soin rempli, il dépêcha une estafette à Paris, avec ordre de brûler les étapes et de rapporter une réponse du ministre.

Cette réponse ne se fit pas attendre. C'était une caisse scellée à tous ses angles. Saint-Mars y fouilla; elle ne contenait aucun écrit, mais un objet enveloppé avec soin : — *Un masque de fer!*

VI

UNE VISION.

Le jeune homme ne s'était rendu, ou plutôt n'avait été réduit qu'après une lutte terrible.

Cette collision brutale, survenue à l'heure même où son imagination saisissait enfin le nœud du mystère attaché à ses pas, depuis le berceau, fit succéder à une exaltation excessive une prostration non moins profonde.

Ces hommes, qui le tenaient ainsi qu'on tient une bête furieuse, acculée au bout d'une longue et dangereuse poursuite, n'eurent plus alors besoin de se servir des cordes destinées à achever leur victoire. Elle était complète sans cela.

Le prisonnier, les yeux fermés, les membres inertes, restait en leur pouvoir, sans donner d'autre signe de vie qu'une respiration imperceptible, prête à s'éteindre au premier effort.

— Relevez-le avec précaution, ordonna Saint-Mars, et suivez-moi.

On le transporta dans une chambre du donjon, évidemment préparée en cas de besoin. Elle était aussi sûre que discrète. Sa fenêtre unique donnait sur la campagne, mais c'était moins une croisée qu'une meurtrière, large d'un pied et haute de deux, pratiquée dans l'épaisseur de la muraille en forme d'entonnoir, et munie d'un luxe formidable de barreaux de fer.

La porte en cœur de chêne, avec un guichet dans le haut pour l'œil des geôliers, répondait à la solidité de la fenêtre.

Mais, à côté de ces précautions, et par l'effet des contrastes qui caractérisaient toutes les mesures relatives à ce prisonnier exceptionnel, l'intérieur de la pièce offrait l'apparence du confort et du luxe. Le lit avait de vastes rideaux en damas; une natte épaisse recouvrait le dallage; les meubles, élégants et commodes, renfermaient les habits, le linge, les bijoux du prisonnier. Le service de sa toilette était en porcelaine et en vermeil; les glaces, à biseaux, provenaient de Venise. Sa table ne devait être fournie qu'en vaisselle plate.

Quatre domestiques étaient attachés à sa personne, prêts sans cesse à exécuter ses ordres et à pourvoir à ses besoins ou à ses caprices. Saint-Mars avait été prévenu, dans son entrevue avec un très-haut personnage, qu'il ne dérogerait pas en le servant lui-même à ses repas, et souvent, en effet, il venait déposer les plats devant lui.

Hélas! qui voudrait payer cette splendeur au prix qu'elle lui coûtait!

Au reçu de la réponse du ministre, le commandant ne perdit pas une minute; il remit la boîte à Rosarges, son acolyte assidu, et tous deux s'enfermèrent dans la chambre où leur victime gisait encore sous l'influence de sa crise récente.

Ils y restèrent une demi-heure environ. Lorsqu'ils sortirent, Rosarges portait toujours la boîte, mais elle était beaucoup plus légère. Le front de Saint-Mars était assombri sous de grosses préoccupations; celui de son complice rayonnait d'un reflet diabolique. — Ces deux hommes venaient à coup sûr d'exécuter une œuvre infernale.

Les quatre laquais attachés au service du prisonnier furent alors mandés chez le commandant. C'étaient des guichetiers et des espions, bien plus que des serviteurs. En les admettant dans la place, on leur imposait, pour condition première, de ne plus la quitter. Ils devenaient, en quelque façon, les prisonniers du prisonnier. On ne dit pas qu'aucun ait tenté de s'affranchir de cet engagement, car une fois initié au système de terreur par lequel Saint-Mars étouffait les indiscrétions, le moins intelligent comprenait comment il sortirait, s'il s'avisait de demander à sortir.

Ce ne fut pas Saint-Mars qui les reçut, mais Rosarges. Son œil allumé, ses pommettes empourprées, son accent enroué, disaient où il avait puisé l'insolence et la brutalité de son attitude :

— Tas de coquins, de fainéants! commença-t-il, vous faites votre service d'une façon déplorable. Votre prisonnier est malade, et vous n'avez pas encore trouvé moyen de lui rendre seulement la connaissance... Jusqu'à sa guérison, l'un de vous restera, à tour de rôle, à veiller auprès de lui, et mettra monseigneur le gouverneur au courant de ses gestes et de ses paroles.

De plus, il vous est défendu, — sous une peine que je n'ai pas besoin de vous faire connaître d'avance, — de lier conversation avec lui. Vous ne devez lui répondre que par oui ou par non, et le renvoyer toujours à s'adresser à monseigneur. Enfin, si vous témoignez la moindre surprise de l'état où vous le verrez, la première fois que vous entrerez dans sa chambre, c'est à moi que vous aurez affaire... Allez, maintenant. A qui le tour de garde ?

— A moi, répondit l'un d'eux.

—Eh bien, monte près de lui, et s'il y a besoin, appelle par le guichet.

Cet homme obéit ; la soirée était venue; l'état comateux du malade ne se modifiait pas. Le gardien alluma une lampe sur la cheminée, lutta quelque temps contre le sommeil, puis, tranquillisé par l'espèce de catalepsie du prisonnier, il s'endormit dans un fauteuil.

Tout reposait de même dans la forteresse, la nuit était calme, l'horloge avait sonné onze heures, lorsqu'un soupir prolongé partit du fond des rideaux. — Le malade se remuait peu à peu et se dressait sur son séant. — C'était la fin de sa crise.

Ses idées, ses sensations lui revenaient lentement; il essayait de se recueillir; mais une torpeur, une pesanteur indéfinissable régnait sur son cerveau. Il secoua la tête à plusieurs reprises, et au lieu d'éloigner sa souffrance, ce mouvement ne fit que l'accroître.

Il se rappela alors qu'il avait été malade, et ce poids étrange lui parut l'effet de la commotion cérébrale, qui l'avait atteint et abattu aux pieds de ses adversaires.

Il avait besoin d'air ; sa poitrine, si longtemps oppressée, aspirait après de larges bouffées qui la rafraîchissent. — Il essaya de humer cet air qui lui faisait défaut, mais à peine un filet insuffisant parvint-il à ses poumons.

C'était le cauchemar sans doute, un de ces étouffements douloureux, supplices anticipés de l'enfer. Il ne savait plus s'il dormait, s'il était éveillé. Pour s'en assurer, il se laissa glisser de sa couche et se mit debout. Il sentait bien la natte sous ses pieds, la fraîcheur de l'atmosphère autour de lui, il était agile de tous ses membres, — sa tête seule s'inclinait sous cette horrible et inexplicable pesanteur.

Il marcha, s'écoutant marcher en quelque sorte; la natte criait sous ses pas, — donc, il ne sommeillait ni ne rêvait. Il s'arrêta à considérer son gardien profondément endormi, et il eut envie de le réveiller pour achever de se convaincre de la réalité de sa situation. Mais il se retint, et commença le tour de la chambre.

Il arriva ainsi jusqu'à la cheminée, sur laquelle brûlait la veilleuse, projetant ses oscillations dans la glace.

Son regard se porta de ce côté, et il s'arrêta, en proie à une indicible épouvante.

Le miroir lui renvoyait la sinistre image d'un homme marchant comme lui, mais pareil au spectre des guerriers, — tel que les représentent les légendes, — le visage enfoui sous une visière d'acier!

Son sang se figea dans ses veines; il voulut se débattre, crier, mais il se trouva sans voix et sans mouvement.

Pourtant, il réussit, par un grand effort de raison, à se retourner, pour envisager en face ce personnage fantastique. Mais il faillit devenir fou : personne n'était là ; le fantôme était un reflet sans corps.

Pour le coup, il se dit que c'était bien un cauchemar, et afin d'en avoir le cœur net, il se rapprocha de la glace : — le spectre s'en rapprocha aussi. — C'en était trop! d'une main, il prit la lumière, et de l'autre il toucha le miroir; le spectre prit une lumière aussi, et ce fut son doigt qui vint s'aligner au bout du sien !

Il secoua la tête ; l'affreuse apparition imita ce geste.

Epouvanté, il porta ses deux mains à son front... Horreur!... ses mains s'arrêtèrent sur une surface rigide et glacée; ce ne fut pas sa peau, ce ne furent pas ses cheveux qu'il toucha ! ce fut une carapace de fer!...

Ce fantôme, c'était lui!... l'odieuse machine qui mettait à la place de ses traits ce visage muet et sinistre, cette machine était rivée à ses tempes!... La pesanteur de son cerveau, le cauchemar qui l'étreignait, c'était elle!...

Il n'était plus un homme ; il était un spectre!...

Devant cette découverte, il ne songea ni à se

délivrer de ce masque, ni à pénétrer ce mystère; il poussa un rugissement sourd, comme le lion blessé, et tomba de toute sa hauteur, roide, sur le parquet

Cette rechute fut pire que son premier accès. Le médecin et le commandant crurent pendant un mois qu'il n'en reviendrait pas, et la position de ce dernier fut des plus perplexes.

Il comprenait parfaitement que le désir du ministre était de se voir délivrer le plus tôt possible de ce prisonnier gênant; mais le roi, guidé par d'autres vues, appréhendait au contraire qu'il lui arrivât malheur.

Or, le raisonnement de Saint-Mars était celui-ci : je dois obéissance au ministre ; mais, d'abord, il ne m'a rien prescrit de positif contre les jours du prisonnier ; ensuite, il est clair que ma fortune est attachée à la mission que je remplis. Si cette mission finit trop vite, ma fortune est compromise; les grands n'ont guère d'égard pour vous que tant que vous leur êtes utile. Plus M. de Louvois aura besoin de moi, plus je verrai pleuvoir sur ma maison les titres et les lingots.

Et puis, se disait-il encore, tous les jours je sers d'exécuteur à des sentences, en vertu desquelles on plonge dans les puits ou dans les oubliettes des gens qui me valent bien, uniquement pour s'assurer de leur discrétion. Qui me dit qu'une fois ma mission finie on ne m'enverra pas les rejoindre, moi, possesseur d'un secret mille fois plus important que les leurs!...

La conclusion se comprend : M. de Saint-Mars était résolu à maintenir l'instrument de sa fortune et de sa sécurité dans le meilleur état, le plus longtemps possible.

Après tout, il est évident qu'on pouvait raisonner plus mal.

Le malade fut donc entouré de soins, et, sauf la gène de son masque, auquel on espérait l'accoutumer, il reçut jusqu'aux raffinements de la médication et du bien-être.

Saint-Mars eut bientôt un autre intérêt à presser son rétablissement : le ministre, satisfait de la manière dont il s'acquittait de sa mission, le nommait gouverneur de Pignerol, — avancement considérable, — mais à la condition d'emmener son captif dans sa nouvelle résidence.

Notons, en passant, que c'est à partir de cette époque que l'on paraît avoir commencé à désigner celui-ci sous le nom de *Latour*, probablement en raison de l'endroit où on le retenait, depuis l'aventure de la cassette. On sait, au surplus, qu'il était d'usage constant, dans les prisons d'État, de donner alors aux prisonniers de conséquence des sobriquets, pour détourner d'eux l'attention publique, et dépister les recherches de leurs amis ou de leurs familles.

Le commandant, ne se dissimulant point combien sa vue pouvait être désagréable au malheureux qui lui devait une aggravation de supplice, sans exemple chez les nations civilisées, évita de s'offrir à lui, depuis le moment de son délire, jusqu'à celui où le médecin le déclara sauvé.

On lui épargna de même l'apparition de l'infâme Rosarges, qui n'eut, durant ce laps de temps, à exercer ses brutalités que sur ses inférieurs, les gardiens et les domestiques du malade.

Il n'en était pas moins exactement renseigné, on le pense bien, sur ses moindres paroles. Les domestiques étaient autant de misérables espionnant la victime et s'espionnant entre eux. En outre, il avait confié à madame Saint-Mars, sœur, comme nous l'avons dit, de la maîtresse en titre de Louvois, la surveillance intime de son hôte.

Il nous est parvenu peu de renseignements sur cette dame ; mais, en dépit de sa parenté, il n'est pas impossible qu'elle se montrât plus compatissante que son époux pour ce jeune homme, si beau, si noble, si plein de qualités de toute nature, et si infortuné. Toujours est-il qu'elle remplissait près de lui le rôle de sœur de charité, et que, de temps en temps, par la suite, afin de jouir de sa présence, il engageait à dîner le commandant, en le priant d'amener sa femme.

Ce fut donc un visage féminin qu'il aperçut en rouvrant les yeux ; une voix de femme qui lui adressa des paroles d'encouragement au retour de sa raison, et il put respirer un moment.

Mais ce fut une courte halte dans sa voie douloureuse. Saint-Mars, instruit par le médecin de sa pleine convalescence, prit des mesures pour se rendre à Pignerol, et voulut l'informer lui-même de ce déplacement, en le colorant sous la distraction agréable d'un voyage. — Comme s'il pouvait exister encore un charme dans la nature pour le malheureux soumis à un supplice de toutes les minutes!

Il prit toutefois la précaution de se faire annoncer par sa femme ; celle-ci était en train de préparer le captif à recevoir sans colère son bourreau, lorsque, impatient d'en finir, il entra.

Nous ne saurions rendre l'impression que cette hardiesse causa au jeune homme. Il écoutait d'un air profondément pensif le préambule de madame Saint-Mars, et, peut-être, grâce à sa diplomatie féminine, eût-elle fini par l'amener au calme voulu. Mais la venue prématurée du commandant alluma un de ces accès de violence dont nous avons cité plusieurs exemples.

Saint-Mars, fidèle à sa consigne, était en grand costume, et se présentait le feutre à la main, courbé avec un respect apparent irréprochable. Ces marques d'une déférence hypocrite aggravaient toujours l'irritation du captif, pour lequel elles étaient autant d'ironies poignantes.

Cette fois, il ne fit qu'un bond; et le gouverneur n'eut ni le temp ni la présence d'esprit de s'y reconnaître ; il lui enleva son épée et se dressa terrible devant lui.

— Bourreau, lui cria-t-il, à mon tour!... Tu as

rendu ma vie impossible, il me faut la tienne!...

Et marchant sur Saint-Mars, terrifié, qui reculait sous la menace de cette arme dirigée vers sa poitrine, il allait le frapper sans merci.

Madame de Saint-Mars n'eut que le temps de se jeter entre eux, en poussant des cris désespérés, et finit par tomber sans connaissance.

Il fallait passer sur son corps pour arriver à son mari; le prisonnier hésita; ce ne fut que l'affaire d'une seconde, mais cette seconde suffit. Les gardiens, constamment apostés aux abords de la chambre, accoururent.

— Qu'on le saisisse!... bégaya Saint-Mars encore livide de terreur.

— C'est inutile, dit le jeune homme; ne me touchez pas!... Je n'en voulais qu'à mon bourreau; madame l'a sauvé! Vous autres, je ne vous frapperai pas de cette épée. La voici!...

D'un geste superbe, il la jeta à quelques pas devant eux.

Depuis cet incident, Saint-Mars ne se montra plus au prisonnier avec son épée; mais il eut soin, en toute occasion et à tout propos, de lui laisser voir deux pistolets placés dans son habit.

Cet homme était de ceux qui deviennent aussi insolents après le danger qu'ils étaient lâches pendant sa durée. Affectant son air le plus obséquieux, il s'inclina jusqu'à terre et dit :

— Monseigneur, vous me forcez à des rigueurs bien contraires à mes sentiments pour votre personne. Nous partons demain. Au lieu d'une berline de voyage commode et agréable, je serai réduit à vous faire porter dans une litière garnie de grillages et recouverte d'une tenture épaisse...

— Une prison ambulante... interrompit Latour.

Saint-Mars salua et acheva sa phrase :

— Je suis obligé de vous prévenir que si vous tentiez le moindre mouvement pour une évasion, le moindre appel, des hommes appartenant au major Rosarges seront aux quatre coins de la litière, qui vous feraient sauter la cervelle

Sur cette menace, il salua de nouveau, et, suivi des gardiens, il entraîna madame de Saint-Mars, dont les yeux adressèrent au captif un dernier regard de compassion.

— Infâme!... murmura le jeune homme, en se retrouvant seul sous les verroux.

Puis il s'affaissa sur un fauteuil, en proie à l'un de ces désespoirs où tout sentiment de courage, de résignation manque au plus fort, au plus croyant, et où surgissent les idées de suicide.

Peut-être n'eût-il quitté ce fauteuil que pour aller finir, victime prédestinée à la fatalité, suspendu à l'un des barreaux de sa prison.

Une circonstance bien futile au premier abord, bien importante pour lui, en décida autrement.

Dans le calme qui l'entourait, la brise apporta, par sa fenêtre entr'ouverte, les fragments d'un chant doux et mélancolique, qui semblait partir de l'autre côté des fossés du donjon.

Il prêta l'oreille, se leva machinalement, se rapprocha de la croisée, et tomba à genoux en mouillant de larmes le fer implacable de son masque... Ce refrain, il l'avait chanté naguère; cette voix, son cœur la reconnaissait; et tout son être débordant à cette sensation inespérée, sanglotant de rage et de bonheur, il murmura, bien bas, pour que la muraille même ne surprît pas un tel secret :

— Charlotte! Charlotte!...

VII

PIGNEROL.

Nous sommes entrés dans la voie des étapes douloureuses, ce sont désormais des noms de prison et de citadelle qui vont jalonner les étapes de ce nouveau Golgotha.

On croirait, si les documents authentiques n'étaient là pour nous appuyer, parcourir, en lisant cette horrible histoire, les récits imaginaires d'une légende maudite. D'Exilles, place insignifiante, le prisonnier fut donc dirigé sur Pignerol, pour consacrer l'avancement dû au mérite de ses geôliers.

Pignerol était en effet, comme importance, infiniment au-dessus d'Exilles, surtout à l'époque où se passent ces événements. Par sa situation stratégique, enviée des puissances limitrophes, elle fut tour à tour prise, rendue, cédée, reconquise par la France, dans les traités avec la Savoie et la Sardaigne. A cette date, elle nous appartenait en vertu du traité de 1632, qui nous l'avait abandonnée avec la vallée de Pérouse, Communiquant avec le Dauphiné.

Cette acquisition nous avait assuré, en même temps, une prépondérance marquée sur l'Italie. Louis XIV avait accru les fortifications de la ville et rendu la forteresse imprenable. En confier le commandement à Saint-Mars, c'était donc accorder à celui-ci une preuve éclatante de satisfaction. — Nous savons par quoi elle était méritée!

S'il avait eu tort de vouloir vanter les agréments de cette résidence à son prisonnier, il n'en avait pas moins raison de les apprécier pour lui-même. Placé à l'embouchure des hautes vallées des Alpes, à l'endroit où finit la plaine et où commence la montagne, sur un sol d'une merveilleuse fertilité, Pignerol est une ville des plus agréables.

Le nom de sa citadelle reparaît, à plusieurs reprises, dans les plus sombres annales de la France et de la Savoie; car, en raison de sa sûreté, elle servit mainte fois à la réclusion des prisonniers les plus précieux.

Saint-Mars avait pris ses mesures pour ôter à son captif la pensée de fuir, et pour avoir raison de lui, s'il hasardait la moindre tentative.

La sombre litière, — cette cage ambulante où le plus bienveillant des êtres était relégué à l'instar d'une bête sauvage, fut donc acheminée, protégée par une forte escorte, sur laquelle le commandant ne cessait d'avoir l'œil.

On avait adopté un itinéraire en dehors des localités les plus peuplées, et l'on ne s'arrêtait, pour le repos des hommes et des chevaux, qu'aux auberges isolées sur les routes de traverse. La distance devait être aisément franchie, malgré ces précautions, ces détours et l'embarras de l'escorte, en vingt-quatre heures, car on avait résolu de marcher de nuit et de jour.

Les deux premières haltes n'offrirent absolument rien de particulier. Le prisonnier reçut dans sa litière les soins de Saint-Mars; on lui permit même, à la seconde étape, en raison de l'isolement absolu de la campagne et du crépuscule, de mettre pied à terre et de se tenir un quart d'heure debout, au bras du commandant.

Tout présageait que le voyage irait à son terme avec le même succès, et l'on arriva en vue de Fenestrelles, localité importante, aux deux tiers du chemin, que l'on tourna comme les autres, pour prendre une demi-heure de repos dans les environs.

L'endroit où l'on s'arrêta était un misérable groupe de quelques maisons. Le soleil se levait, les habitants commençaient à se mettre sur pied pour partir à leurs occupations. Quelques-uns, attirés par le bruit inaccoutumé d'un nombreux cortége, mirent le nez à la fenêtre, ou s'en vinrent sur le seuil de leur porte; mais en apercevant des uniformes, tous se tenaient à distance.

Seules, deux mendiantes se montrèrent plus hardies. C'était une femme, épuisée de lassitude, appuyée sur le bras d'une jeune fille, dont elle paraissait être la mère.

Elles parvinrent assez près de la litière, et la jeune fille commença un refrain lent et plaintif, en tendant une sébille à la charité de ses auditeurs.

Ceux-ci se montraient peu empressés d'y verser leur offrande; mais, retenus par le charme extraordinaire de cette voix et par l'attrait des paroles, ils écoutaient avec complaisance, sans se douter de l'attrait bien autrement puissant qu'elles avaient pour une autre personne.

Dès les premières notes, le prisonnier avait tressailli. C'était la voix, c'étaient les paroles entendues déjà dans le donjon d'Exilles; — après l'avoir arraché à la tentation, elles résonnaient aujourd'hui à son oreille, douces et consolantes, pour lui apprendre qu'il lui restait au monde une affection, dont ses persécuteurs ne pouvaient le dépouiller.

Elles faisaient descendre en lui une béatitude séraphique; ses tourments, ses supplices disparaissaient, il rêvait du paradis! car il faut bien peu à l'âme éprouvée par de telles misères pour passer de l'excès de l'abattement au comble de la félicité.

Mais son émotion ne connut plus de bornes, lorsque la mère de la chanteuse, rassemblant ses forces, voulut se joindre à elle et l'accompagner. Il sentit à l'émotion de cet accent tout ce qu'elle devait souffrir, et perdant la mémoire des menaces de son tyran, il s'accrocha aux barreaux de la portière, allongea le bras, et écarta la draperie.

Il jouait sa tête!

Sa bonne étoile voulut que ses gardiens, occupés des deux chanteuses, ne surprissent pas cette témérité.

Il les vit, lui aussi, toutes les deux : Marion et Charlotte; et ces noms allaient s'échapper de sa poitrine et le trahir avec elles, lorsque la jeune fille, poussant un cri, chancela et faillit tomber à la renverse.

Le malheureux, emporté par son premier élan, avait oublié le masque de fer rivé à son visage; et quand son regard s'était croisé avec celui de Charlotte, celle-ci avait eu révélation de cette figure d'acier, épouvantable, terrifiante!

A ce cri, Saint-Mars, qui se trouvait dans l'auberge du lieu pour donner des ordres, s'élança soudain au dehors.

— Par la mordieu! s'écria-t-il, que se passe-t-il donc?...

Sa vue avait fait trembler les plus hardis. Chacun s'était remis à son poste; les quatre gardiens, le pistolet au poing.

L'œil louche du commandant tomba sur les deux femmes :

— Des mendiantes!... fit-il, qu'on les chasse!... Ce maudit pays en est infesté!...

Fidèles jusqu'au bout à leur rôle, et puisant du courage dans le péril, Marion et sa fille lui présentèrent leur sébille, en invoquant sa charité. Il leur répondit par un blasphème, et ses gens les poussèrent brutalement hors de la voie.

Leur persévérance, leur dévouement avaient réussi sans doute à se faire comprendre de leur ami, de leur frère, mais à quel prix! Ce visage de fer devait poursuivre leur pensée jusqu'à la fin de leurs jours; — l'effroi qu'il leur avait causé ajoutait au poids dont il accablait déjà le front de la victime.

Comme à Exilles, Latour, puisqu'on l'appelait ainsi dans le langage officiel, fut installé dans une chambre du donjon, disposée pour lui avec cette recherche de luxe qui était une dérision du sort.

Il devait faire là un séjour si long, qu'il faut nous arrêter à certains détails de sa captivité.

Son entourage resta le même : quatre domestiques, le major Rosarges pour les surveiller, et le commandant pour tout diriger en premier ordre.

On lui permettait des promenades dans le préau et dans le jardin de la citadelle, mais à la condition expresse qu'il n'adresserait la parole à

Louis XIV

personne, et qu'il se tiendrait dans un certain périmètre. La condition du silence était d'autant moins nécessaire, qu'aux heures où il devait sortir, on faisait rigoureusement rentrer les autres détenus et les employés, sauf les factionnaires des remparts, qui ne pouvaient l'apercevoir que dans la perspective.

Il avait le droit de cueillir les fleurs du jardin, et il paraît, à en juger par les écrits qui lui ont été attribués, qu'il en usait comme de sa plus grande consolation.

Dans l'intérieur de sa chambre, se trouvait un rayon de bibliothèque, pour les livres qu'on lui permettait de lire, mais qui n'y arrivaient et n'en sortaient, on peut le croire, que minutieusement contrôlés par Saint-Mars en personne. De même, on lui accordait de quoi écrire, mais sur des feuilles de papier numérotées, et que le commandant enlevait en les comptant avant de lui en fournir d'autres.

Il composait des poésies et des morceaux de prose, dont une partie, dans le genre élégiaque, reflétaient les douleurs de son âme. Dans ses contes, il s'adressait à ses fleurs de prédilection et leur confiait ses ennuis. Tel est, du moins, le caractère des inspirations dont nous parlions tout à l'heure.

Sa guitare lui venait aussi en aide ; il passait de longues heures, le soir, à la fenêtre grillée de sa prison, répétant les modulations qui lui rappelaient les veillés de la Bourgogne.

Il recevait, mais toujours en présence de Saint-Mars, la visite du chirurgien et du chapelain. On ne le laissait seul avec celui-ci que pour sa confession, qui était fixée aux principales fêtes. — Hélas ! quelles fautes avait-il à avouer, qui ne retombassent de tout leur poids sur ses bourreaux ! — Ses accès de désespoir, ses idées de suicide, ses pensées de vengeance, qui en eût été coupable, sinon ceux qui l'y réduisaient !

Il assistait aux offices dans la chapelle, de telle sorte, qu'arrivé le premier, il tournait le dos aux autres personnes présentes, dont une stalle élevée le tenait isolé.

Enfin, il avait encore la faculté d'inviter à sa table le commandant et madame Saint-Mars, mais il est à croire qu'en raison de la répulsion inspirée par la présence du mari, il se privait souvent de celle de la femme.

Quant à son masque, il a donné lieu à bien des dissertations. C'était un assemblage de lames d'acier, doublées, selon toute probabilité, de peau de chien, ainsi qu'on doublait les masques de velours en usage du temps de Louis XIII et de Louis XIV. Ce masque représentait la face d'un casque de chevalerie plutôt qu'un visage humain bien distinct, et, comme la face d'un casque, la mentonnière était mobile.

Il est même établi qu'on l'affranchit plus tard de cette mentonnière, car l'une de ses occupations favorites consistait à s'épiler les lèvres et le menton,— sans doute pour s'éviter le contact des geôliers qui fussent venus le raser. Ce masque était en outre fixé par un mécanisme si habile que le commandant seul et le ministre en possédaient le secret.

Les rares occasions où on l'enlevait étaient les maladies, où le chirurgien déclarait l'asphyxie imminente si l'on n'accordait ce soulagement au prisonnier. Ces cas étaient donc exceptionnels. D'ailleurs, ce chirurgien, nommé Abraham Rheill, et qui suivit Saint-Mars à la Bastille, était, dit un chroniqueur, un opérateur sinistre, aussi mal famé que sa médecine, et auquel Saint-Mars faisait porter ses vieux habits.

Toute tentative du dehors, pour se rapprocher de Latour ou pour entrer en communication avec lui, devait être réputée irréalisable, en présence des précautions dont il était entouré, et de l'espionnage réciproque des gens employés par Saint-Mars.

Il y avait, en outre, ceci de particulier dans sa condition, qu'il avait vécu, jusqu'au jour de sa captivité, dans l'ignorance de sa propre origine, dans un isolement rigoureux. Il n'avait pu se créer ni des partisans, ni des amis. Il ne connaissait la topographie de la France que par les livres de géographie.

En cas d'évasion, où serait-il allé, à qui se serait-il adressé, que serait-il devenu?... — Sa naissance, son droit, étaient là. — Comment, à qui les démontrer ?

Sa ressemblance avec un auguste personnage ? — Mais cette ressemblance, cause de tant de terreurs en haut lieu, aurait-elle suffi pour lui procurer des défenseurs?... C'était plus que douteux.

Voilà évidemment pourquoi, si l'on eut à constater les efforts de ce prisonnier exceptionnel pour se faire reconnaître au dehors, pour divulguer sa captivité inique, on n'eut pas à signaler, durant sa longue détention, les tentatives qui en rendirent d'autres célèbres.

C'est ici qu'il faut fixer une de ces imprudences qui, chaque fois, rendirent sa prison plus dure.

Un soir, à la tombée du jour, vers l'heure où s'opérait dans la forteresse un mouvement de tambours et de marches, pour relever les postes et préluder au service de la nuit, il se tenait assis mélancoliquement près de sa fenêtre, dans le vague rayon de clarté que n'interceptaient pas ses barreaux.

Ses doigts se promenaient machinalement sur les cordes de sa guitare, et peu à peu, sans sortir des rêveries que lui rappelait ce coin de ciel, entrevu de si loin, il se prit à moduler les réminiscences d'un refrain de sa première jeunesse.

C'était le moment où l'intérieur de la citadelle offrait le plus de bruit ; mais, par opposition, celui où la campagne sur laquelle donnait le donjon se montrait le plus paisible.

Comme il finissait son refrain, une voix fraîche, mais triste autant que la sienne, le recueillit et le lui renvoya !... Cette voix venait de loin, car les remparts, les fossés, les accidents semés par la nature et par l'art autour du donjon en rendaient l'approche impossible. Mais il ne la reconnut pas moins, au battement de son cœur, comme il l'avait reconnue à Exilles et dans son dernier voyage.

Ainsi, cet ange de dévouement et de fidélité avait retrouvé sa trace encore une fois ; elle savait où il vivait, où il souffrait ; sa tendresse infatigable bravait tous les périls pour lui faire savoir qu'elle était là, s'associant à ses maux et ambitieuse de les partager !...

Sans perdre une seconde, il saisit un bouquet de violettes doubles, rapporté de sa promenade au jardin du gouverneur, s'aida d'une chaise pour atteindre jusqu'à la fenêtre, et, par une impulsion heureuse, le lança sur le talus formant le revers extérieur du fossé.

La botte fleurie roula jusqu'au bas, et le prisonnier eut la joie immense d'entrevoir, dans le crépuscule, une forme féminine accourir et s'enfuir en l'emportant.

Une communication inespérée venait donc de s'ouvrir tout à coup entre le pauvre prisonnier et le monde ! Ces fleurs, c'était une partie de lui-même transmise à sa bien-aimée.

Ce fut le succès de cette aventure qui en détermina une plus grave. Saint-Mars ne refusait pas à son captif les objets nécessaires pour écrire ; mais celui-ci savait qu'une seule page de papier disparue amènerait la suppression de cette faveur. Il lui vint à l'idée de se servir, pour sa correspondance, d'un morceau de linge. On sait que c'était ce qui lui manquait le moins.

Ayant découpé un large carré de batiste dans une chemise, il y traça un exposé de sa condition, des causes de sa captivité, du supplice constant dont il était la victime. Il joignit à ces déclarations un appel éloquent à la générosité publique, et, certain de l'empressement de son amie à tirer parti de cet acte important, il épia le jour et l'heure où elle jugerait possible de se montrer, sans risquer d'alarmer la vigilance de Saint-Mars.

De part et d'autre, ils avaient compris le danger d'entrevues trop fréquentes, et si l'œil de Henri se portait chaque jour sur la campagne, il savait cependant bien ne devoir y rencontrer qu'à des intervalles d'une ou deux semaines la silhouette de Charlotte. De même, ils évitaient d'échanger leurs refrains; l'un d'eux se taisait le jour où l'autre se faisait entendre. Mais la modulation, le choix du couplet, établissaient une correspondance merveilleuse comprise de l'un et de l'autre. Et puis, Henri aimait à voir le sentier où Charlotte avait passé, même quand elle ne devait pas y venir.

Son écrit était prêt, depuis plus de huit jours, sans qu'il l'eût revue. Enfin, elle se montra à l'heure de la brune, dans les conditions ordinaires, vêtue en villageoise du pays. Sans attendre qu'elle entamât son refrain, il lança le message, soigneusement attaché et lesté.

Contre-temps terrible ! Si Charlotte n'avait pas entamé son refrain, elle avait un motif. Des deux bouts du sentier s'avançaient des étrangers, et à la minute où le message roulait sur le talus, elle venait de se réfugier derrière un accident de terrain et un fouillis de buissons, ayant reconnu dans les gens qui venaient par le haut du chemin une ronde des gardes de la place.

Elle se fût risquée peut-être, malgré ce péril, à aller ramasser l'envoi du prisonnier, mais la personne arrivant du chemin bas l'avait déjà devancée et s'en emparait.

Ce passant était un frater qui revenait du couvent de la Trinité, situé dans les environs. Il avait été vu, et avant qu'il pût s'expliquer sa funeste aventure, il se trouva saisi par les gardes et entraîné au château.

Le paquet fut remis à Saint-Mars. On imagine sa rage en en vérifiant le contenu. Le pauvre frater essaya vainement de protester de son innocence. Il subit la question, et s'il n'expira pas dans cette épreuve, il paya d'une façon ou d'une autre son crime imaginaire, car on ne le revit jamais.

Le plus humain des serviteurs du prisonnier, soupçonné avec aussi peu de fondement d'avoir été son complice, disparut de même, et celui-ci fut transporté dans une autre chambre, ayant jour sur l'intérieur de la citadelle.

Ce système de disparition sinistre de ses serviteurs était, du reste, un des expédients favoris de Saint-Mars pour exercer l'intimidation sur l'esprit de son prisonnier. Abusant de ses sentiments d'humanité, on faisait dépendre la vie de ceux qui l'approchaient de son entière soumission aux conditions les plus dures de sa captivité.

VIII

SAINTE-MARGUERITE.

Saint-Mars était trop adroit pour ne pas tenir son patron, le premier ministre, au courant des moindres détails concernant le jeune homme qui avait perdu jusqu'à son nom en tombant entre leurs mains. Il va sans dire qu'il possédait l'art d'habiller la vérité, et de raconter à son avantage les faits propres à le vouer au mépris autant qu'à l'exécration de tout cœur honnête.

Louvois possédait assez de preuves de sa servilité et de sa cupidité pour mettre en lui une entière confiance. Néanmoins, il prit prétexte de l'aventure du frater pour satisfaire une envie dont il était travaillé depuis longtemps, celle de voir le mystérieux prisonnier et de s'entretenir avec lui.

Ce fut un événement d'autant plus considérable, que Louvois arriva sans s'être fait annoncer, tout à l'improviste. Saint-Mars attendait une réponse à son dernier rapport, s'étonnant de ne pas recevoir les éloges et les félicitations monnayées auxquels il se croyait droit ; — ce fut son patron en personne qui débarqua, un matin, à la porte de la citadelle.

On juge de l'émoi ! Quelle affaire !... recevoir le ministre qui osait, seul dans la monarchie, tenir tête au grand roi et contrecarrer ses ordres ! — Venait-il en maître bienveillant ou en chef redoutable ? Avait-il les mains pleines de récompenses ou d'arrêts rigoureux ?

La préoccupation causée par cette démarche exerçait sur lui-même assez d'effet pour que son entrée n'eût rien de rassurant.

Il répondit par un mot sec aux salutations obséquieuses de son séide, voulant tout d'abord l'entretenir en particulier. On devine l'objet de cette conférence, car elle se termina par une visite du ministre au prisonnier du donjon.

Les renseignements fournis par Saint-Mars sur l'humeur, le caractère, les volontés de celui-ci constituaient autant d'exagérations ou de mensonges, tendant à accroître le mérite qu'il y avait à garder si bien un homme si dangereux.

Louvois, ainsi prévenu contre la victime, se fit annoncer sommairement. Saint-Mars le précéda d'une minute, pour signaler son arrivée au captif, et lui recommander de le recevoir avec les égards dus à un personnage de cette importance.

— C'est bien, monsieur, répondit froidement Henri, dites au premier ministre que le frère du roi consent à l'entendre.

— Monseigneur! s'écria le geôlier éperdu, dans la crainte de voir retomber sur lui la mauvaise impression d'un accueil blessant pour son patron, — pas d'inconséquence, de grâce!... Songez que M. de Louvois possède une influence immense sur votre sort.

— Quand il aurait celle de me faire décapiter, répondit avec hauteur le prisonnier, je ne m'humilierais pas devant lui; si c'est ma vie qu'il vient chercher, il y a longtemps que j'en ai fait le sacrifice.

— Non, monseigneur, tel n'est pas son dessein. Il apporte au contraire des intentions bienveillantes.

— Bienveillantes!... répéta avec un rire amer le pauvre détenu.

— Monseigneur, je vais l'introduire?

— Je ne vous en empêche point.

Le commandant lui adressa encore un geste, pour le supplier de faire bonne réception à son maître, et s'étant retiré dans le couloir, Louvois pénétra seul dans la chambre, dont la porte demeura ouverte, mais de sorte que tout le monde fût tenu à distance pour ne rien entendre de la conversation.

Un fait des plus significatifs, invoqué avec raison par les chroniqueurs pour établir la haute origine de l'*homme au masque de fer*, se produisit alors: le prisonnier attendit son fier visiteur, assis dans un fauteuil, et le marquis de Louvois entra le chapeau à la main, saluant profondément. Il se tint debout et nu-tête, durant toute cette entrevue.

Or, c'est là un point significatif en effet, car l'histoire est unanime sur la hauteur, la dureté et l'inflexibilité de son caractère. On le vit contraindre des officiers de mérite à quitter le service, pour ne s'être pas soumis à lui donner le titre de *Monseigneur*, qu'il exigeait pour lui, que cependant il refusait aux ducs, en leur écrivant. Catinat, lui-même, ne fut pas à l'abri de sa morgue; il se montra un jour dur pour lui jusqu'à l'insolence. La guerre de 1688 fut le résultat d'un de ses accès d'orgueil.

C'était lui qui, donnant des ordres au maréchal de Boufflers, lui écrivait: « Si l'ennemi brûle un village de votre gouvernement, brûlez-en dix du sien. » Ne fut-il pas d'ailleurs le vrai coupable dans les incendies du Palatinat, et le plus influent instigateur de la révocation de l'édit de Nantes?

Et cependant, on le vit s'incliner, avec la déférence d'un vieux courtisan, devant la victime d'une politique ténébreuse! L'eût-il fait si cette victime n'eût porté en elle comme le sceau mystérieux qui impose au commun des hommes?

Il s'informa de sa situation, chercha par d'adroites questions à sonder ses pensées, à s'assurer s'il entretenait de périlleux desseins. Sous une forme pleine d'intérêt et de condoléance, il mit ses efforts à l'amener à se trahir.

Mais il s'adressait à une intelligence supérieure aussi, et développée par l'habitude de la souffrance. Henri demeura froid et digne; ce fut, le plus souvent, par des monosyllables qu'il répondit.

— Enfin, monseigneur, demanda le ministre avant de le quiter, que dirai-je de votre part au roi, qui vous donne, dans ma mission auprès de vous, un témoignage de sa faveur?

Le prisonnier se leva de l'air d'un souverain qui congédie un humble vassal:

— Vous lui direz, monsieur, que je n'attends rien de celui qui m'a tout pris.

— Monseigneur, croyez-moi, demandez plutôt quelque grâce.

— Une grâce!... celle de sortir de cette citadelle?... Je sais, monsieur, que je ne la dois point quitter vivant.

— Le roi est compatissant et magnanime.

— C'est donc pour cela que, non content d'infliger une prison à mon corps, il en ajoute une pour mon visage!

— Monseigneur, je ne répéterai point vos paroles à notre auguste maître, elles ulcéreraient son cœur. Seulement, je donnerai des ordres pour l'amélioration de votre captivité, en tout ce qui sera praticable.

Le ministre sortit. Mais le mal qu'il avait eu à contenir sa morgue fit bientôt éclater sa colère, et pour tenir à sa façon sa dernière promesse, il enjoignit à Saint-Mars de transférer le prisonnier à l'île Sainte-Marguerite.

C'était encore un avancement pour sa créature et une aggravation pour la victime.

Le séjour de celle-ci à Pignerol avait duré *quatorze ans!*

L'île Sainte-Marguerite est la plus importante d'un groupe nommé les îles Lérins, situé à trente-cinq lieues de Toulon, dans la Méditerranée. Cette île mesure deux kilomètres de largeur de l'est à l'ouest, et un kilomètre du nord au sud. C'est dans la partie nord, la plus élevée de toutes, que se trouve la citadelle, rendue surtout célèbre par la captivité de notre héros.

Son installation y fut une nouvelle preuve de son importance personnelle, car on y bâtit une prison exprès pour lui. Cette prison, il est juste de le dire, fut combinée de manière à réunir en même temps les conditions nécessaires à une stricte surveillance et à une existence aussi supportable que possible pour le détenu.

Elle existe encore. C'est une vaste pièce, formant un triangle régulier, haute de plafond, coupée à chaque angle par des colonnes accouplées; l'un des angles était disposé en cabinet de toilette, un autre en cabinet pour le surveillant, qui y passait la nuit; le dernier était occupé par une cheminée monumentale. Cet appartement n'est éclairé que par une croisée donnant sur la mer, garnie au dehors et au dedans de solides barres de fer très-rapprochées.

On n'avait refusé, dans la fourniture des meubles, rien de ce qui pouvait être agréable ou utile à l'habitant de cette prison de luxe. C'tait donc un contraste significatif avec le reste de la citadelle, la plus riche d'alors en effroyables cachots.

Nous ne nous arrêterons pas à reproduire les descriptions laissées par plusieurs des malheureux qui les connaissaient par expérience. Un court extrait des Mémoires de Renneville suffira pour en donner une idée :

« Au-dessous de chaque bastion, dit cet auteur, était une vaste salle voûtée, bordée d'environ dix caveaux, voûtés aussi, de sept à huit pieds de longueur, garnis chacun d'un fort anneau de fer scellé dans le mur. La voûte de la salle était soutenue au milieu par un gros pilier, dont les quatre faces présentaient autant d'anneaux de fer. A la voûte était une ouverture étroite, fermée par une grille de fer, et par où l'on descendait la nourriture destinée aux malheureuses victimes enchaînées dans les petits cabanons pratiqués autour de la salle.

« C'était là que le cruel tyran — Saint-Mars — laissait pourrir ses prisonniers, sans paille, sans une pierre où reposer leur tête, couchés sur le limon des cachots et la bave des crapauds, avec du pain et de l'eau pour toute nourriture, et d'où il ne les retirait que morts.

« Ils avaient les yeux sortis des orbites, le nez horriblement enflé ; leurs dents tombaient du scorbut; la bouche se tuméfiait et se déchirait, et les os se montraient à travers leur peau. »

Et nous aurions pu citer des détails plus horribles encore !

Tel était l'empire sur lequel régnait Saint-Mars, de par la grâce du ministre influent, au nom duquel il exerçait sans contrôle le droit de vie et de mort sur ses sujets.

Le lecteur est désireux, sans doute, de connaître comment était réglée la vie de notre martyr dans cette nouvelle résidence.

Il y avait été transféré en 1686, et c'est une lettre de Saint-Mars, datée du 11 avril 1687, et adressée à Louvois, qui va nous fournir des renseignements. Ce document a été extrait des archives des affaires étrangères par l'ancien député conventionnel Roux-Fazillac.

Après des détails sur ses moyens d'espionnage, Saint-Mars disait :

« Pour la promenade du prisonnier dans le jardin, j'ai désigné deux allées découvertes, que deux sentinelles dévouées de ma compagnie, placées au haut des tours, embrassent du regard dans toute leur longueur. Ces sentinelles sont spécialement chargées de surveiller si le prisonnier n'échange pas quelques signes avec ceux qui l'escortent.

« Les précautions que j'ai prises, quand mon prisonnier va entendre la messe, ne laissent rien à craindre de ce côté. La stalle où il se trouve est séparée du chœur et de la nef par une sorte de tambour, de manière que le prêtre qui dit la messe et ceux qui le servent ne peuvent le voir.

« Pour ses repas, c'est la même chose. Sa chambre est précédée d'un petit vestibule où, nuit et jour, un soldat se tient en faction. L'épaisseur d'une double porte, dont le capitaine des portes Lécuyer a seul la clef, empêche ce soldat d'entendre ce qui se dit dedans. Là est une table sur laquelle les domestiques déposent les mets.

« Le major Rosarges examine tout avec la plus minutieuse attention ; ouvrant les volailles, rompant le pain, coupant les fruits, pour s'assurer s'il ne se serait pas introduit par cette voie quelque intelligence.

« Cet examen fait, un des valets du prisonnier vient prendre là les plats et les sert. »

Ce peu de lignes nous fournit des particularités intéressantes sur les choses les plus intimes de cette existence opprimée. Le surplus de la lettre énumère le personnel principal choisi pour entourer le détenu. Ce sont : le brutal Rosarges; Corbé, cousin de Saint-Mars, et dont les annales de la Bastille consacrèrent plus tard la cruauté, comme le firent d'abord celles de Sainte-Marguerite ; l'aumônier Giraud, depuis aussi aumônier à la Bastille, qu'il effraya par ses scandales durant la détention des protestants ; le chirurgien Rheill, fameux par sa férocité autant que par son ignorance ; le porte-clefs Ret, geôlier d'instinct.

Un seul homme faisait désaccord dans ce concert, c'était Lécuyer, capitaine des portes. Sous une apparence barbare, à laquelle il devait son emploi, il conservait une fibre de sensibilité. Lui seul avait pour le prisonnier un regard compatissant.

Il y avait bien longtemps que Henri, circonvenu par ce luxe de murailles, de grilles, de gardiens, n'avait reçu un signe de souvenir de Charlotte. Il l'avait entrevue, la dernière fois, lors de l'aventure du frater de la Trinité, et du message tombé au pouvoir de Saint-Mars.

Cela s'était passé à Pignerol ; — cette tendresse ingénieuse, infatigable, avait-elle pu découvrir son séjour actuel? La nomination de Saint-Mars à ce commandement rendait cette supposition probable; Charlotte devait comprendre que la victime suivait le bourreau.

Mais parviendrait-elle jamais, l'héroïque amie, à travers la mer, à gagner cet îlot soumis à une quarantaine rigoureuse? — Et ses tentatives, si elle en faisait, ne tourneraient-elles pas contre elle ?

Ses méditations, ses rêveries ne sortaient guère de ce cercle; la pensée de Charlotte semblait grandir et se fortifier dans son imagination, à mesure que s'élargissait l'espace de temps qui le séparait d'elle. C'était à la fois sa préoccupation la plus douce et la plus triste. Il n'avait eu, hélas! que ce seul bonheur au monde, — que ce seul amour. Longtemps, il n'avait été rattaché à la vie que par ce fil; — maintenant encore, s'il consentait à vivre, c'était dans un vague espoir de la revoir.

Comme il continuait, néanmoins, à chercher une distraction dans la lecture, on ne lui refusait pas de renouveler de temps à autre le rayon de sa biblothèque. On enlevait les livres dont il ne se souciait plus ou qu'il connaissait suffisamment, et on les remplaçait par d'autres, après un examen préalable de Rosarges ou du commandant lui-même.

Le jour, le capitaine Lécuyer fut chargé de lui remettre ainsi un volume de poésies, dont il avait eu une envie extrême. Ce livre resta environ cinq minutes aux mains de Lécuyer, qui vint le déposer sur la table de Henri.

Derrière Lécuyer marchait l'un des serviteurs plus spécialement attachés au service de sa chambre. Le capitaine ne lui adressa donc qu'un mot banal :

— Monseigneur, voici l'ouvrage que vous avez demandé.

Mais le prisonnier surprit un coup d'œil plus significatif, et un geste de discrétion, indice d'un mystère.

Il se contint cependant et évita d'ouvrir le volume, tant que son domestique resta près de lui. Mais, quand il se vit seul, il courut l'examiner. Il en interrogea d'abord sans succès la couverture, la tranche et la garde. Il feuilleta chaque page, sans être plus heureux. Pourtant, il avait sous ses doigts fébriles le pressentiment d'une nouvelle importante. Lécuyer n'aurait pas voulu se jouer de lui. Dans cette conviction, il tournait et retournait le volume. Enfin, l'idée lui vint de glisser un regard entre le dos de la reliure et le volume même.

En le pliant à cet effet, un objet s'en échappa, ou plutôt s'en envola, tant il était léger : — une fleurette desséchée.

Il n'en fallait pas plus pour le transporter d'une joie immense. C'était tout un poëme, tout un message : cette fleur était une des violettes de Parme, dont il avait naguère envoyé, du haut des remparts de Pignerol, un bouquet à Charlotte.

Ainsi, ce génie bienfaisant ne l'avait pas abandonné; bravant les distances, les obstacles, les dangers, elle avait repris sa trace et parcouru à sa suite les degrés de son calvaire. Il n'avait pas douté qu'elle fût capable de ce dévouement, mais qu'il était heureux d'en posséder la preuve! De cet instant, Charlotte se trouvait aux alentours de sa prison; sa présence embellissait cet îlot maudit; il lui semblait qu'il n'était pas seul; à coup sûr, il était moins malheureux.

Avec quelle impatience il épia la première occasion de questionner le capitaine des portes. Mais c'était chose malaisée; pendant plusieurs jours, il ne l'aperçut que de loin ou en compagnie. Le brave capitaine ne souhaitait pas moins satisfaire une curiosité qu'il soupçonnait bien, mais il fallut recourir à un subterfuge.

Il s'arrangea de manière à passer près du captif, comme il descendait au jardin, et dit à l'un des gardes, avec lequel il marchait dans la cour, de manière à être entendu du prisonnier :

— Antoine, il ferait beau voir la marée cette après-midi, on dit qu'à quatre heures ce sera une des plus hautes de l'année.

Sans se rendre trop compte de cette phrase, Latour se mit à sa fenêtre à l'heure indiquée. La mer était fort belle en effet, mais ce ne fut pas elle qu'il remarqua. Précisément en face de sa croisée, et sous les murs du donjon, une petite barque manœuvrait, dirigée par deux personnes.

Toutes deux portaient le costume des pêcheurs de l'île. Mais il ne s'y méprit pas une minute : l'un de ces pêcheurs était une femme... et cette femme, c'était Charlotte!

IX

UN NOUVEAU SERVITEUR.

Le prisonnier, transporté à cette apparition, agita un linge blanc à travers les barreaux de la fenêtre; la barque tourna sur elle-même, et le marin de contrebande, tirant aussi de sa poche son mouchoir, eut l'art de répondre à ce salut, sans que son action pût en rien le compromettre aux yeux les plus inquiets.

Henri passa la nuit entière à rêver à cet événement et des moyens de reprendre les messages plus directs, si fatalement interrompus à Pignerol. On pensera peut-être que l'expérience aurait dû le rendre plus circonspect; mais, dans la condition où il se trouvait réduit, qui oserait le blâmer d'avoir voulu exprimer à la femme si digne de sa tendresse qu'il n'était pas ingrat, et que, de toutes les forces de son âme, il appréciait son dévouement?

Les jours étaient longs; on lui servait à souper à sept heures du soir; le soleil se couchait à peine.

Ses domestiques, ayant complété le service de sa table, l'avaient laissé seul pendant quelques minutes. Saisissant ce court répit, il prit un plat d'argent et, de la pointe d'un couteau, il traça dessous une dizaine de mot :

« Je t'aime. On me persécute parce que je suis frère du roi. »

Puis, il se hissa jusqu'à la fenêtre pour interroger la mer. La barque de la veille se trouvait plus proche encore de la tour. Charlotte n'y était pas, mais il reconnut son compagnon; ne doutant pas qu'il ne fussent d'accord, il lui adressa le signe d'avancer s'il était possible. Le pêcheur obéit, et, d'une main frémissante, il lui envoya la pièce d'argenterie, qui tomba dans le bateau.

Il était écrit que pas une de ses tentatives ne réussirait. Le marin, au moment de relever ce dangereux message, ayant jeté un coup d'œil vers les remparts, s'aperçut qu'on avait tout vu, et qu'il était le point de mire d'une observation pleine de menaces.

C'était un garçon sensé. Il n'hésita pas. Regagnant sur-le-champ le rivage, il mit le plat sous sa veste et se rendit droit au château. Bien lui en prit, car aux allures de plusieurs individus qu'il rencontra, il acquit la certitude de la méfiance qu'il inspirait.

Il demanda à parler au gouverneur en personne, refusant de rien dire sur l'objet de sa visite à nul autre, même à Rosarges, que cette discrétion mécontenta fort, et dont il reçut les épithètes les moins encourageantes.

Saint-Mars ne le fit pas languir, mais il le reçut de manière à le faire trembler.

— Tu veux me parler? lui dit-il de sa voix discordante, en fronçant les sourcils.

Le brave homme ne perdit pas la tête :

— Monseigneur, c'est ce plat d'argent qui est venu tomber dans ma barque, du haut de vos remparts. Je suis un honnête pêcheur, incapable de m'approprier...

Saint-Mars avait déjà saisi la pièce d'argenterie et vérifié d'un clin d'œil les mots gravés par le prisonnier. Il se mit à regarder le marin d'un tel air que la parole expira sur ses lèvres.

— Sais-tu lire? lui demanda-t-il après un silence assez prolongé.

— Non, monseigneur.

Nouveau temps de réflexion. La prunelle louche du geôlier allait alternativement du message aux yeux du pêcheur.

— Tu ne sais pas lire? répéta-t-il.

— En conscience, non, monseigneur.

— Tu peux te vanter que c'est là une chose heureuse pour toi!

Là-dessus il s'approcha, sans perdre de vue le pauvre homme, d'une table, sur laquelle il écrivit deux mots qu'il lui tendit.

— Puisque c'est ainsi, dit-il, on va te mettre en liberté; voici l'ordre, porte-le au major Rosarges, là-bas, au bout du préau.

Et, tout en le congédiant, il dépêchait à Rosarges, par une galerie moins longue, un autre billet.

Sur le premier il y avait :

« Le porteur est un homme dangereux, tuez-le! »

Le pêcheur savait-il ou ne savait-il pas lire? peu importe; ce qu'il y a de certain, c'est qu'il remplit l'ordre du gouverneur, et transmit son propre arrêt au major. Celui-ci n'eût pas demandé mieux que de faire une victime, mais l'exactitude du marin l'avait sauvé. Saint-Mars n'avait voulu que le mettre à l'épreuve; le second billet, devançant l'autre, ordonnait à Rosarges de surseoir.

Il devenait évident que l'homme ne savait pas lire; on le relâcha donc, mais en lui enjoignant de ne jamais lancer ses filets sous les murs du château.

La barque ne reparut donc plus, et désormais le regard du captif la chercha vainement à l'horizon. Il lui semblait pourtant qu'après avoir tant fait, Charlotte ne devait pas ralentir ses ingénieuses démarches, et qu'étant dans l'île, il la reverrait ou recevrait de ses nouvelles quelque jour.

Le capitaine Lécuyer avait gardé le silence sur l'incident de la fleurette cachée dans une reliure; mais, à deux reprises, passant près d'Henri, il lui glissa ces mots :

— Patience... il y a quelqu'un qui vous aime!

L'espionnage organisé par Saint-Mars ne permettait pas une communication plus explicite. Le capitaine s'exposait même fort en risquant ce peu de paroles.

Depuis plusieurs mois, un nouveau serviteur avait été admis dans la place, sans que le prisonnier l'eût encore aperçu. Saint-Mars le lui destinait pourtant, mais avant tout il s'assurait de lui, en l'utilisant pour sa propre maison.

C'était un garçon d'apparence maladive, au teint fortement bistré par le soleil de l'île, d'une soumission absolue, mais d'une balourdise voisine de l'idiotisme. Il était venu longtemps, en qualité d'auxiliaire d'un pêcheur chargé de l'approvisionnement du château, et comme celui-ci se plaignait de sa maladresse, il avait sollicité la faveur d'entrer parmi les gens du gouverneur.

Son air hébété et son obéissance aveugle séduisirent celui-ci :

— Que demanderais-tu pour tes gages? lui dit-il.

Il répondit de son sourire le plus stupide :

— Ho! ho! pour mes gages, monseigneur?...

— Oui, pour ton payement, ne me comprends-tu pas?

— Ho! ho! que si fait, monseigneur... mais je ne suis point accoutumé à ce qu'on me paye.

— Comment t'y prends-tu pour vivre?

— Voilà : le patron me donne ses vieux habits, et fournit ma nourriture et celle de ma mère, une pauvre vieille qui n'est pas de dépense.

— Si cela t'arrange, pourquoi veux-tu une autre condition?

— Ho! ho! c'est que le patron ne change pas souvent de jaquette, il me laisse aller quasi tout nu; et sous prétexte qu'on ne doit pas manger plus qu'on ne travaille, et que je ne travaille pas à son idée, il nous fait jeûner, la pauvre vieille et moi, une partie du temps.

— Eh bien, si je t'admettais à mon service?...

— Ho! ho! je serais sûr d'être bien couvert, bien nourri, et vous enverriez la quittance à la vieille.

— D'accord; mais sais-tu à quelle condition on entre au château?

— Peu m'importe, du moment qu'on y mange.

— C'est à la condition de ne plus jamais en sortir.

— Ho! ho! qu'est-ce que cela fait, quisqu'on est sûr d'y trouver ce qui manque dehors.

— Au fait, pensa Saint-Mars, un être de cette espèce n'est pas de nature à apprécier la liberté.

Et, grâce à cet arrangement, le nouveau serviteur, qui se faisait appeler Charlot, fut admis dans le personnel du gouverneur.

Ses billevesées, ses maladresses, faisaient la joie de ses compagnons; mais nul d'entre eux ne pouvait se vanter de plus d'exactitude aux ordres du maître, en ce qui concernait la surveillance des détenus, et les rigueurs dont ils étaient l'objet. Cette brute était un vrai chien de garde, toujours prêt à aboyer.

— Saint-Mars, édifié sur son compte, lui annonça qu'il allait lui donner de l'avancement, et le mettre dans un autre service. Il s'agissait de l'homme au masque de fer.

Loin d'accepter cette marque de confiance avec plaisir, Charlot voulut la repousser, exprimant le regret de ne plus être sous la main de madame Saint-Mars, qui était en effet très-bonne pour lui.

La conséquence naturelle de cette répulsion, pour un service envié de tous les autres valets, fut d'affermir le commandant dans son dessein. Il annonça à Charlot qu'il entrerait en fonctions le soir même, et ferait la veillée dans le cabinet de son nouveau maître.

Le prisonnier était habitué à ces changements de visage; il savait que, sous le moindre prétexte, on modifiait ou l'on renouvelait son entourage, et qu'un mot de bienveillance, arraché par le spectacle de son supplice permanent, pouvait entraîner la perte d'un homme. Autant donc par fierté que par humanité, il accueillait avec une morne indifférence les nouveaux comme les anciens serviteurs, évitant d'exprimer jamais ses regrets ni sa surprise.

Ce fut le major Rosarges qui installa celui-ci:

— Sandis! petiot, lui dit-il en le conduisant, tu peux te vanter d'être promptement monté en grade!

— Ho! ho! ricana bêtement le nouveau domestique, je n'y tenais pas tant!... veiller dans le cabinet d'un détenu, ce n'est pas si gai! J'aimerais mieux dormir dans mon lit. Aussi, s'il veut faire le méchant, tant pis pour lui; je suis petit, mais rageur et nerveux.

Rosarges jeta sur lui un regard de contentement.

— Je crois, mordious! que l'on fera quelque chose de toi! Persévère dans ces idées-là. Mais il ne faut pas agir avec ce prisonnier aussi cavalièrement qu'avec les autres! Cadédis! c'est un personnage de conséquence! Si jamais on doit lui casser la tête, cet honneur revient au commandant. En cas d'alerte, tu te contenteras de faire jouer une bouton de sonnette, dont je t'apprendrai le secret. Pour le surplus, il y a à la porte du cabinet un judas; ton devoir consiste à ne pas perdre le prisonnier de vue, même pendant son sommeil, et à écouter ce qu'il dit, s'il parle en dormant.

— Ho! ho! je n'en perdrai pas un mot.

— Tu ne dois en outre répondre que par oui et par non, — de préférence par non, et par: je ne sais pas! à ce qu'il te demandera, s'il s'avise de te questionner, ce qui n'est guère probable. Mais, surtout, surveille ses mouvements, s'il lui prenait fantaisie de se tuer...

— Ho! ho! bon Dieu! est-ce qu'il a souvent de ces idées-là?

— Il suffit qu'il les ait eues une fois pour qu'on soit sur ses gardes.

— Et, fit Charlot, si c'était une complaisance de votre part, major, de me dire d'où ça lui venait?

— Trop curieux, petit! gronda Rosarges.

— Ça m'est pourtant bien égal, histoire de savoir, voilà tout.

— Retiens ceci, une fois pour toutes: on ne doit rien savoir sur l'homme au masque de fer!

— C'est bon, major, on le retiendra... Mais vous avez beau dire...

— Qu'est-ce encore?

— J'aurais mieux aimé coucher dans mon lit.

— Idiot!...

— Bé dame! écoutez donc, chacun son goût... Aussi le prisonnier me payera ça.

— Assez; nous voici au but.

Ils traversèrent l'antichambre qui précédait le logement de Latour, dont Rosarges poussa brusquement la porte.

Le prisonnier tournait le dos, lisant devant la cheminée, près d'une table. Habitué aux surprises de ce genre, il ne bougea pas, et ne quitta pas son livre des yeux.

— Monseigneur, fit le major d'un ton ironique et aviné, c'est un nouveau domestique que M. le gouverneur attache à votre personne. Il remplace le gros Vincent.

Latour ne voulut même pas paraître entendre, et son mutisme agaçant Rosarges, celui-ci ajouta:

— Vous ne reverrez plus Vincent... M. le gouverneur lui a donné une autre place... S'il a envie de faire la conversation maintenant, il s'exercera à son aise avec les rats des caveaux.

Le prisonnier se rappela sans doute alors avoir échangé, quelques jours auparavant, deux mots

Louise fut recueillie par une sœur de charité.

sans importance avec le pauvre diable, confiné, pour ce délit, dans les cachots horribles de la place. Suivant son parti bien arrêté, il évita de laisser voir aucune émotion.

Le major, renonçant donc à prolonger ses propos, installa son compagnon dans le cabinet et s'éloigna, non sans faire sonner son trousseau de clefs et grincer les verrous.

Lorsque le bruit de ses pas se fut éteint dans l'éloignement, Latour jeta par un geste fébrile son livre sur la table, et s'accoudant, la tête dans ses mains, il s'abandonna à un accès de désespoir muet, qui eût ému les pierres de sa maison. Sa poitrine oppressée ne se soulageait que par de longs soupirs, et de grosses larmes tombaient sur la table, teintes de la rouille que des larmes antérieures avaient produites sur son masque.

Il se leva ensuite avec véhémence, et marchant vers un christ suspendu au panneau principal de la pièce, il sembla le prendre à partie; oubliant qu'un espion se tenait près de là : — Est-il possible de souffrir ainsi! s'écria-t-il. N'est-ce pas lâcheté de persister à vivre de cette vie?... Qui me retient, après tout?...

Sa main s'était portée avec force sur sa poitrine, comme pour arrêter les battements de son cœur. Mais, par une sorte de prodige, ce mouvement suffit pour le calmer. Il sentait sous ses doigts un papier enveloppant la fleurette desséchée qui lui venait de sa compagne d'enfance :

— Oh! oui, reprit-il tout bas, je dois vivre encore, Dieu permettra peut-être que je la revoie!...

Réconforté par cette pensée, il s'étendit sur son lit, et passa une nuit plus tranquille.

Au matin, il laissa son nouveau surveillant partir comme il l'avait laissé entrer, sans se soucier de voir ses traits. Celui-ci fit à Rosarges un rapport amplifié sur l'agitation et les pleurs du prisonnier, rapport fort agréable à ce tortionnaire, charmé d'apprendre qu'il n'avait pas perdu ses frais de cruauté.

Latour se leva tard, et commença par se diriger vers le crucifix, pour y faire sa prière quotidienne. Mais qu'on juge de son émoi : — au pied de l'image était attaché un second objet religieux... la croix d'or de sa mère!

Il douta longtemps; il hésita avant de la prendre. C'était bien elle pourtant, et quand il s'en fut emparé, il la colla sur ses lèvres avec une ferveur voisine du délire.

Cette croix, il l'avait laissée à Charlotte; Charlotte n'était pas femme à s'en dessaisir jamais à la légère. — Qui donc l'avait apportée et placée là? Si ce n'était Charlotte elle-même, c'était donc quelqu'un qui possédait toute sa confiance... un ami!

Personne n'était venu que Rosarges et le nouveau domestique. Etait-ce ce dernier!... Et il avait refusé de lui accorder un regard! Ah! au prix de cette croix même, il eût voulu apercevoir une minute les traits de cet homme compatissant.

Mais il fallait refréner sa reconnaissance, mettre sur son cœur une plaque de fer, comme il y en avait une sur son front, — car un seul mot pouvait perdre ce serviteur dévoué, comme tant d'autres, comme l'infortuné qui pourrissait en ce moment même sur la paille des caveaux.

Il résolut d'attendre, avec une impassibilité impénétrable non-seulement que le tour de garde de ce serviteur revînt, mais que lui-même jugeât à propos de se faire connaître. Son cœur battait bien vivement sans doute quand il l'entendit traverser sa chambre, mais il tint bon, et ne se détourna même pas pour répondre à Saint-Mars, qui posait en personne, ce soir-là, ses surveillants.

Seulement, quand le silence régna dans les alentours, il tira de sa poitrine le précieux talisman pour le baiser et lui demander de hâter les nouvelles de son amie.

Ce vœu fut exaucé. Bientôt le cabinet s'ouvrit avec précaution, le gardien s'avança sur la pointe du pied, et presque aussitôt une voix affectueuse murmura à son oreille :

— Pourquoi pleurez-vous quand je suis là?

Cette fois son émotion trahit sa prudence :

— Charlotte!... s'écria-t il, toi ici?

Le marin, le pêcheur, le nouveau geôlier, — on l'a compris,— c'était cette adorable fille, attachée sans relâche à consoler cette grande misère, au risque de partager son martyre.

Mais ce nom trois fois béni s'était à peine exhalé des lèvres du prisonnier, que le bruit sinistre des clefs et des verrous retentit à la porte.

X

LE PARADIS ET L'ENFER.

Lors de sa première veillée dans l'appartement du prisonnier, Charlotte avait su contenir son impatience, et éviter de se faire reconnaître de lui. Les obstacles qu'il lui avait fallu vaincre, les épreuves par lesquelles elle avait passé pour arriver au cœur de la place, lui avaient donné une grande puissance sur elle-même. Elle commandait à ses mouvements, à sa physionomie, comme un diplomate de profession.

Chaque victoire de ce genre ne la rapprochait-elle pas, d'ailleurs, plus sûrement de celui auquel tendaient ses seules aspirations? Elle avait bien eu la force de refuser d'abord la mission de confiance dont on voulait l'investir en lui donnant ce tour de garde près de lui.

Depuis son séjour dans la citadelle, aucun détail ne lui était échappé sur le régime de la maison, sur le caractère des geôliers, sur les précautions extraordinaires dont on entourait l'homme au masque. Elle avait même eu plusieurs occasions de l'entrevoir, à la dérobée, se promenant tristement dans les jardins, la tête couverte de son déguisement implacable.

Après s'être contenue si longtemps, au point de paraître à Saint-Mars et à Rosarges digne de devenir leur complice, elle avait pu se maîtriser une fois encore, lorsqu'on l'amena dans le cabinet, d'où une simple porte la séparait de son ami. Mais sachant comment les choses se passaient à Sainte-Marguerite, elle n'ignorait pas que le gouverneur et son agent ne devaient pas manquer de s'assurer par eux-mêmes de la façon dont le nouveau gardien s'acquittait de sa tâche.

Il est supposable qu'en effet l'un ou l'autre vint mettre l'œil aux judas pratiqués dans la muraille et dans le plafond. Sa prudence donna le change à cet espionnage, et Henri lui-même ne connut que par la croix d'or le passage d'un ami.

Mais si fort qu'il soit, il arrive toujours une heure où un cœur tel que celui-là cède à son entraînement. Charlotte avait pu, sans faiblir, assister au sommeil de Henri, — elle fut vaincue en le voyant pleurer!

Ils en étaient à leur premier embrassement, lorsque le bruit des verroux les précipita des cimes du paradis dans l'enfer du désespoir.

Ils s'éloignèrent instinctivement l'un de l'autre, et Henri, obéissant à sa noble nature, se jeta devant sa compagne pour recevoir le premier coup, si l'on prétendait l'atteindre.

Cette fois, son funeste destin sommeillait, ou son bon ange avait obtenu pour lui un répit, une halte dans sa misérable existence. Ce ne fut ni Saint-Mars ni Rosarges qui se présenta. La porte s'entrebâilla avec une bienveillante lenteur, et le capitaine Lécuyer, avançant la tête, leur envoya ce mot d'avertissement et de reproche :

— Imprudents !...

Puis, sans entrer, il retira le lourd panneau, remit les verrous et s'éloigna en faisant grand bruit.

— Sauvés !... s'écrièrent-ils d'une commune voix.

Ils avaient tremblé l'un pour l'autre.

— Ah ! Dieu est bon, il nous protége !... dit Charlotte avec exaltation.

— Mais son amant, éprouvé par ses longues souffrances, ne répondit à cet élan enthousiaste qu'en serrant ses mains entre les siennes et en dirigeant un regard douloureux vers l'image du Christ, attachée en permanence devant lui, comme un enseignement.

Charlotte comprit, baissa la tête, et laissa tomber une larme. Ni le bonheur ni l'espérance ne devaient donc habiter cette enceinte ! Un rêve de joie, de liberté ou de tendresse y devenait un crime, passible du dernier supplice. Il fallait y vivre, afin d'y souffrir.

La voix du capitaine Lécuyer était celle du trappiste qui rappelle ses frères à la réalité du néant.

Henri surprit les pleurs de Charlotte, et plus attendri qu'elle-même, il l'attira sur son cœur et porta ses mains à ses lèvres, car l'horrible masque l'empêchait même d'embrasser ce front adoré :

— Chère fille, lui dit-il, rassure-toi, console-toi...

Elle secoua la tête avec désespoir, étouffa un sanglot prêt à la trahir, et murmura :

— Comment veux-tu que je me console, lorsque tu ne peux être heureux !...

— Heureux !... si fait, je le suis aujourd'hui, autant qu'il m'est permis de l'être... Sois fière, Charlotte ; tu as réalisé une œuvre impraticable !

— Hélas ! soupira-t-elle avec un geste de dénégation.

— Oui, tu as plus fait que je n'eusse attendu jamais... Les seuls rayons qui aient illuminé ma vie sont venus de toi ; tu m'as tiré du tombeau, quand je voulais mourir ; tu m'apportes l'amour, lorsque je suis condamné au désespoir !... Sois fière, Charlotte, car je ne souhaiterais plus posséder ce trône auquel j'ai droit que pour te le faire partager !

— Henri ! cher Henri !...

Elle l'entourait de ses deux bras, et ses lèvres cherchaient à lui rendre en baisers la tendresse de ses discours, mais elles ne rencontraient que cette enveloppe de fer, immobile, impassible, hideuse, qui, dénaturant jusqu'à son regard, prêtait un reflet terrifiant à ses rayons les plus caressants.

Les sages avis du capitaine des portes furent, de ce jour, souvent négligés. L'imminence même du péril ajoutait une saveur inappréciable aux joies de cette réunion. Leur vie, semée d'alternatives de satisfaction et d'alarme, se ranimait à ces émotions fébriles, après tant d'années d'isolement absolu et d'anéantissement.

Charlotte continuait avec succès son rôle de délateur imaginaire et d'esclave abruti, vis-à-vis des chefs. De concert avec son amant, elle créait des révélations sur la conduite et les prétendus discours de celui-ci, et donnait de l'occupation à Saint-Mars, tout en augmentant sa confiance en elle.

Avec quelle impatience elle attendait son tour de service ! Mais aussi, par quelles ruses ingénieuses elle savait la dissimuler, tout en saisissant les occasions de se rappeler à son cher Henri par quelques hiéroglyphes tracés au crayon sur une enveloppe, sur un livre ; par une fleur glissée dans son linge, par un chiffre sur un gâteau destiné à sa table !

C'était entre eux une langue symbolique, une écriture dont ils avaient la clef, et que le tyran le plus soupçonneux n'eût pu pénétrer.

Puis, les nuits de garde, quels épanchements, quelles voluptés, quels élans, quels transports !

Le prisonnier l'avait dit avec raison, il n'éprouvait plus ni regret pour le monde inconnu, pour ces grandeurs redoutables auxquelles on le sacrifiait depuis sa naissance ; ni aspirations vers une liberté qu'il n'avait jamais connue, et qu'il n'avait parfois convoitée que pour se rapprocher de sa maîtresse, de sa fiancée devant Dieu.

Du moment qu'elle était près de lui, il se jugeait suffisamment heureux. Il eût tout pardonné à ses persécuteurs, s'ils eussent compris ainsi son caractère, et permis une réunion opérée sans eux et malgré eux. Mais, de toutes les choses humaines, celle-là était la dernière à laquelle il fallût penser. Se prêter à une telle alliance, s'exposer à ce qu'il survînt un fils à cet homme dont les traits seuls inspiraient l'effroi, était-ce supportable ?

Ce bonheur clandestin durait depuis longtemps et promettait de se prolonger encore. Mais, ainsi qu'il arrive souvent, la sécurité engendra l'imprudence.

Un jour, à l'heure du dîner, se trouvant seule dans l'antichambre où l'on déposait le menu avant de le transmettre à Latour, Charlotte saisit un couteau, et traça sur le pain quelques-uns des signes convenus entre eux.

Elle n'avait pas fini, qu'un bruit léger la surprit. Elle se retourna, et aperçut sur le seuil l'adjudant Rosarges qui la considérait de son œil sarcastique et méchant.

— Sandis ! que fais-tu par ici, garçon ? lui demanda-t-il.

Elle ne se trahit pas, et du ton hébété qu'elle prenait toujours devant lui :

— Bé dame ! major, j'attends qu'on enlève ces plats.

Rosarges s'était rapproché, et donnait en apparence un regard très-superficiel au service.

— Eh mais ! fit-il en ricanant, à quoi te sert donc ce couteau que tu tiens là ?... Ah ! ah ! ah ! mon gaillard, je t'y prends, tu allais écornifler les friandises du prisonnier...

Elle affecta de se défendre gauchement, heureuse de lui donner ainsi le change. Il poussa quelques jurons, proféra dans sa bouche des menaces contre les valets indélicats, et finit par s'en aller en grommelant.

La pauvre fille se félicita d'en être quitte à si bon compte, et ne songea plus qu'au plaisir de sa prochaine veille, fixée au lendemain.

Cet incident était si futile en apparence, qu'elle y songeait à peine lorsque arriva l'heure tant souhaitée de se retrouver en tête à tête avec son cher prisonnier. Elle n'avait pas revu Rosarges depuis la veille, et Saint-Mars, qui lui avait adressé plusieurs fois la parole, avait été bienveillant presque jusqu'au sourire. Tout contribuait donc à effacer son alarme.

Une circonstance nouvelle ne tarda pas à la ranimer. Comme elle se tenait dans une galerie, attendant qu'on la conduisît à son poste, le capitaine Lécuyer, faisant une tournée d'inspection, l'aperçut, — peut-être le digne homme la cherchait-il, — il s'approcha d'elle, et tout en lui adressant très-haut une phrase banale relative au service, il lui glissa vivement et tout bas à l'oreille cet avis :

— Prenez garde à vous, ou vous êtes perdue...

— Que se passe-t-il ? demanda-t-elle sur le même ton.

— On vous surveille... On a conservé le pain d'hier...

Le lecteur se rappelle que Rosarges, à défaut du gouverneur, ne manquait pas d'examiner minutieusement les aliments servis à Latour. Il rompait le pain et les gâteaux, et ouvrait jusqu'aux fruits. Les signes tracés par Charlotte ne lui avaient pas échappé, il avait mis à part le pain où ils figuraient.

Lécuyer, malgré son bon vouloir, ne put entrer dans ces explications, ni poursuivre ses confidences, car le major se montra tout à coup derrière eux, surgissant à la manière des apparitions.

Son œil rutilant, ses joues empourprées, son haleine chargée d'exhalaisons alcooliques, indiquaient d'abondantes libations. Il était dans cet état d'ébriété nerveuse qui ajoutait à ses instincts perfides la férocité de la bête fauve.

Vous causiez ? dit-il avec un sourire diabolique, en joignant le capitaine et Charlotte.

— Oui, major, répondit Lécuyer ; j'annonçais à ce garçon qu'à cause des soirées qui deviennent plus longues, le service du soir...

— Très-bien, très-bien ! ricana-t-il ; il est bon que chacun ici sache ce qu'il a à faire. Vous êtes un employé plein de zèle, capitaine. Avant peu vous monterez en grade... vous monterez... répéta-t-il en appuyant sur le mot.

Il avait une façon de rire et de promettre de l'avancement qui donnait la chair de poule.

— Quant à toi, garçon, reprit-il du même air en se tournant vers Charlot, sois tranquille, tu ne perdras non plus rien pour attendre.

— Bé dame !... fit le geôlier et l'idiot de contrebande, je crois que je le mérite tout de même.

— Sandis ! c'est mon avis !... Chacun sera récompensé suivant son mérite... Eh bien, vous ne riez pas ? s'interrompit-il en voyant l'anxiété de leurs visages. Nous allons pourtant en voir de drôles !... je ne vous dis que ça !... Capitaine, le commandant vous demande. Toi, garçon, suis-moi, voilà une demi-heure que tu devrais être à ton poste.

Au lieu d'une nuit de fête, le prisonnier et sa compagne passèrent de longues heures de tourment et d'inquiétude. Il se préparait évidemment quelque chose d'horrible contre eux et contre leur unique auxiliaire le brave Lécuyer. Ils se sentaient sous le coup d'un espionnage qui pouvait surprendre leurs moindres paroles, leurs mouvements les plus inoffensifs.

Il ne se produisit cependant, jusqu'au matin, aucun symptôme propre à justifier leurs craintes. Seulement, ce fut Rosarges qui vint relever le surveillant de sa faction, et il devança l'heure habituelle. A peine faisait-il petit jour.

— Monseigneur, dit-il au prisonnier, je vous délivre aujourd'hui un peu tôt de votre chien de garde, mais c'est dans son intérêt ; je veux lui procurer un plaisir et un spectacle dont il n'a probablement jamais joui.

— Que m'importe ? Emmenez-le, et qu'on respecte au moins mon sommeil, répliqua le prisonnier avec la dignité innée dont il ne se départait jamais vis-à-vis de ce bourreau en sous ordre.

— Allons, viens çà, garçon, appela Rosarges poussant la porte du cabinet, je t'ai ménagé une surprise.

— Ho ! ho ! dit le gardien en se frottant les yeux, vous êtes bien bon tout de même, major.

La pauvre Charlotte s'efforçait de sourire, mais son teint plombé, ses paupières fermées, son œil rougi par les larmes, par la fièvre, protestaient contre cette satisfaction menteuse.

Rosarges l'entraîna, ou plutôt la poussa, en répétant avec son éclat de voix satanique et railleur :

— Une fameuse surprise !...

Il la fit descendre au préau, et lui dit encore :

— Reste dans ce coin, et regarde bien, on va amener un de tes amis.

Son cœur se contracta dans sa poitrine. Des hommes étaient rangés le long des murs, attentifs, silencieux. — C'étaient les autres employés de la place. Ils paraissaient savoir de quoi il s'agissait, mais elle n'osa leur faire aucune question.

Deux des guichetiers, cités pour leur rigueur vis-à-vis des détenus, arrivèrent avec une échelle et une corde.

Ils posèrent l'échelle près d'un pilier tenant au mur, et ayant fait un nœud coulant à la corde, ils la passèrent dans un anneau incrusté au haut du pilier.

Charlotte, appuyée dans l'angle où Rosarges l'avait mise, priait tout bas que le ciel la délivrât de cette vision, de ce rêve, de ce cauchemar.

Un roulement de tambour retentit. Une porte basse s'ouvrit au bout du préau ; — elle donnait sur les cachots souterrains, réservés aux condamnés à mort et aux plus grands criminels.

Des soldats de la garnison, c'est-à-dire choisis par Rosarges, dans ses anciens compagnons des corps francs, sortirent d'abord, puis un homme, puis d'autres soldats. Rosarges fermait la marche.

L'homme était à demi nu; des entraves rendaient sa marche indécise et lente. Ses bras, attachés derrière son dos, étaient gonflés par les liens qui entraient dans sa chair. Il ne proférait cependant aucune plainte, et son regard se dirigeait hardiment vers le sinistre appareil.

Mais Charlotte ne put faire ces remarques; dès son apparition, elle reconnut le condamné; un nuage passa sur ses yeux; elle voulut crier, implorer miséricorde, les sons s'arrêtèrent dans sa gorge. Elle s'affaissa anéantie sur les dalles humides et froides.

Le drame s'accomplit sans qu'elle le vît, et Rosarges la fit emporter par ses gens, quand tout fut terminé.

Plus tard, l'heure de la promenade arrivée, Saint-Mars vint s'offrir au prisonnier pour le conduire. Et comme on prenait un autre chemin que la galerie ordinaire, le commandant répondit simplement à l'observation qu'il lui en fit :

— Nous allons gagner le jardin par le préau.

En disant cela il poussa une porte. — Le prisonnier recula d'horreur : devant lui se balançait, au pilier du supplice, le cadavre du seul homme qui lui eût prouvé un peu de compassion, — le malheureux Lécuyer.

— Excusez-moi, monseigneur, dit alors le commandant avec son humilité féline accoutumée, — j'eusse voulu vous éviter ce spectacle, mais il faut que vous sachiez à quoi s'exposent ceux qui, pour vous servir, trahissent leurs devoirs.

— Un tigre eût été moins féroce...

— C'est que mes instructions sont implacables, monseigneur, implacables pour tous !

— Pour tous? répéta le prisonnier avec un effroi plus terrible encore.

— Pour tous... insista Saint-Mars.

Latour le considéra, plongeant son regard sur sa prunelle fuyante, et tout à coup, laissant échapper son secret et son émoi :

— Qu'avez-vous fait d'*elle?*... s'écria-t-il.

Le gouverneur ne répondit pas, mais il montra du doigt la porte basse qui menait aux caveaux.

— C'est bien, prononça alors Henri avec un sang-froid qui attestait une résolution inébranlable; — vous avez mis le comble à ma misère ; vous avez rompu la seule chaîne qui me retînt à la vie; — c'est bien, monsieur, que ma mort retombe sur vous, — car je veux mourir, et je mourrai!

XI

LE COMTE DE MARLY.

Le bourreau sentit qu'il avait dépassé la mesure. Il tenait, nous savons pourquoi, à prolonger l'existence de sa victime, redoutant les caprices des gouvernants lorsqu'il cesserait d'être nécessaire à leurs arrêts. Il mit tout en œuvre pour conjurer ce projet de mort, mais sans se dissimuler qu'il pouvait aboutir au premier instant, car il connaissait l'humeur fière et résolue de son prisonnier.

Cette perplexité du bourreau fit ajourner une seconde exécution, d'abord résolue, et qui devait suivre de près le supplice du capitaine des portes, celle de Charlotte.

Les choses en étaient là; la morne résignation du prisonnier causait à ses gardiens d'incessantes inquiétudes, quand Saint-Mars reçut de son patron un message de la plus haute importance, à en juger par l'agitation qui régna aussitôt dans la forteresse.

Cette dépêche annonçait une visite d'une nature exceptionnelle assurément, et plus considérable encore que n'eût été celle du ministre lui-même. Du moins, l'homme au masque de fer put en juger ainsi d'après les termes où le commandant lui en donna avis :

— Monseigneur, lui dit-il, un grave événement se prépare. Il peut exercer sur votre sort une influence décisive en bien ou en mal. Il ne tient qu'à vous de choisir.

La pensée du prisonnier était fixée sur le sort de Charlotte, il crut donc qu'il s'agissait d'elle :

— Vous avez puni Lécuyer d'un crime imaginaire, répondit-il; rien ne vous empêche de frapper aussi l'amie que Dieu m'avait donnée. Un crime de plus, que vous importe !...

— Vous vous méprenez, monseigneur. Le sort de la personne qui vous intéresse est en suspens; mais peut-être dépend-il, comme le vôtre, de l'impression que vous produirez à un voyageur illustre, attendu dans l'île, et qui daignera sans doute vous visiter et s'entretenir avec vous.

— Vous savez, repartit Henri, comment j'ai reçu naguère M. de Louvois.

— Avec une dignité exagérée, permettez cet aveu à mon zèle pour votre personne.

Un sourire dédaigneux effleura les lèvres du prisonnier. Mais Saint-Mars était cuirassé contre son mépris, et rompu à son double rôle de tyran et de valet.

— Le visiteur que je vous annonce, poursuivit-il, l'emporte en influence sur M. de Louvois et sur tous les ministres. Ni vous ni moi ne devons en savoir davantage. Nous l'appellerons le comte de Marly ; il voyage presque sans suite, s'arrête peu en chemin et passe sans se faire reconnaître dans les capitales de provinces, où d'un mot il ferait accourir les dignitaires à ses pieds.

— Ainsi, ce personnage mystérieux et redoutable a entrepris une si longue excursion dans le seul but de visiter la prison de Sainte-Marguerite ?

— Il vous est du moins permis de le supposer.

— Il suffit.

— Monseigneur...

— Quel souci vous tourmente ?

— Ce personnage peut tout pour ou contre vous !

— Vous me l'avez déjà dit.

— Je le répète, pour que vous ne l'oubliiez pas.

— Et pour que, par ma soumission, je donne un témoignage des bons principes que vous m'inculquez, n'est-ce pas? Ne souhaitez vous point aussi que je proclame vos loyaux services?

Saint-Mars secoua la tête d'un air désespéré.

— Agissez à votre guise, fulmina-t-il ; le mal que vous aurez fait retombera sur votre obstination !

La lettre du ministre devançait de peu la visite du comte de Marly. Toutefois, ce court répit avait permis au commandant de donner une physionomie quasi brillante à son domaine. L'île était en fête, et l'intérieur de la citadelle n'offrait aucun objet repoussant. Il eût fallu voir les caveaux pour connaître la réalité cachée sous ces apparences, mais Saint-Mars savait bien que son visiteur n'aurait pas cette idée.

Lui-même avait guidé le geôlier qui transportait sur ses épaules l'infortunée Charlotte évanouie, pour la confiner au fond de l'un de ses plus introuvables cachots.

En effet, à peine descendu de sa chaise de poste (1), celui-ci rendit légèrement le salut que lui adressait le gouverneur, et lui dit :

— Il y a longtemps que nous ne nous sommes vus, monsieur de Saint-Mars.

— En effet, monseigneur, depuis l'audience où vous daignâtes me donner, en présence de M. de Louvois, vos instructions...

— Je viens m'assurer comment vous les exécutez.

— Me voici aux ordres de Votre Seigneurie ; mais ne souhaite-t-elle point prendre d'abord un moment de repos ?

— C'est inutile, plus tard, répondit le voyageur, qui tenait à accomplir sans délai le but de sa pénible entreprise, car c'était alors une rude affaire qu'un trajet semblable. — Conduisez-moi, je vous prie.

Sur son invitation, Saint-Mars prit les devants; ils marchèrent d'abord en silence, puis le voyageur reprit :

— Le prisonnier est-il prévenu de ma visite ?

— Il est informé qu'une personne éminente doit venir au château, mais il ignore comme tout le monde son nom et son rang, ou plutôt il sait qu'elle s'appelle monseigneur le comte de Marly.

— C'est ainsi que je l'entends, répondit brièvement le comte.

— Voici la porte du prisonnier, dit bientôt le commandeur. Monseigneur souhaite-t-il que mes gens se tiennent dans l'antichambre où nous voici ?

— Il suffira que vous y restiez seul ; nul ne doit être à portée d'entendre ce qui pourra se dire entre cet homme et moi.

Saint-Mars s'inclina. Il tremblait pour la manière dont le prisonnier était capable de recevoir cet hôte exceptionnel. Il dut toutefois obéir jusqu'au bout, et retirer entièrement sur lui la porte, après avoir annoncé d'une voix où se trahissait sa terreur :

— Monseigneur le comte de Marly !

Le comte entra; il était assurément plus ému que le prisonnier. Il y avait d'ailleurs en lui d'incontestables instincts de générosité, et sa fausse éducation, les adulations qui l'avaient circonvenu depuis sa naissance, les paradoxes dont on avait sans relâche imbu son intelligence, ne les avaient pas entièrement étouffés.

En présence de ce visage de fer, plus menaçant que la figure la plus terrible, il eut conscience de l'énormité du crime dont on l'avait rendu sinon l'auteur, du moins le continuateur, et dont il recueillait le profit.

— Salut à vous, monsieur le comte, lui dit Latour en faisant un pas à sa rencontre. C'est œuvre pie de visiter les prisonniers. Celle-ci vous sera comptée au ciel, pour ce qu'elle vaut.

Dans son trouble, le visiteur demeura saisi du timbre mordant de cette voix, et de sa sanglante ironie.

(1) Les chaises de poste étaient alors d'invention récente, 1664, et portaient le nom de *chaise de Crenan*, le marquis de Crenan en ayant obtenu le privilège exclusif, quoique leur inventeur fût en réalité un sieur de La Gruyere.

— Asseyons-nous, dit-il ; je veux vous parler. Latour lui tendit un siége et s'assit après lui.

— Vous souffrez bien sous ce masque et dans ette prison ? reprit le comte.

Un rire amer accueillit ces mots.

— La politique a des rigueurs terribles... fit le omte.

— On me l'a déjà dit ; — un autre visiteur, I. de Louvois, le ministre favori du roi ; — vous connaissez peut-être ?

— Parlez-moi de vous, interrompit le comte ; e votre sort, des moyens de l'adoucir.

— Ah ! s'écria le prisonnier, vous le jugez donc igne de compassion ! Merci, monsieur le comte, - quoique ce soit une pitié tardive !... Oui, n'est-e pas, il doit souffrir, l'homme qu'un génie in-ernal a pris à son berceau pour lui ôter tout ce ui constitue l'existence et le droit du vulgaire !... 'homme assez délaissé de son bon ange et de ieu pour n'avoir pas même la liberté de l'air qu'il espire... Oh ! le misérable paria, relégué loin de es semblables, et dont le visage maudit donne le ertige et mérite d'être enfermé dans une carapace le fer !...

— De grâce, modérez-vous...

— Que je me modère ? c'est-à-dire que je me aise ? Non pas, monseigneur ! Vous êtes venu pour m'entendre, vous m'entendrez ! Vous êtes venu pour me voir... On a desserré pour cela, ce matin, les rivets de mon masque, — eh bien, vous me verrez !...

— Apaisez-vous, ou j'appelle !

— Vous n'appellerez pas ! ou, sur ma foi de chrétien, l'un de nous ne sortira pas vivant d'ici !

En proférant ces mots, Latour s'élança entre la porte du fond et le comte, cloué sur son siége par l'effroi.

— Vous avez eu peur de mon visage, reprit le prisonnier, et vous l'avez condamné à un perpétuel supplice. Au faîte de la fortune, il vous poursuit sans doute comme une menace, puisque vous avez voulu juger par vous-même de cette ressemblance funeste... N'est-ce pas, dites, le but réel de cette visite, que vous déguisez sous un prétexte d'humanité ?... Quand l'humanité est si tardive, on n'y croit plus ! D'où, monseigneur, je crois à votre effroi et non à votre pitié ! Aussi n'en attendez aucune de moi, à votre tour !

— Que prétendez-vous ?...

— Rien de plus, sinon que les rôles ont changé. Regardez-moi bien, monseigneur, et reconnaissez-vous en moi !...

A ce mot, il porta la main aux branches d'acier qui assujettissaient son masque ; le gouverneur en avait, en effet, enlevé les rivets essentiels quelques heures auparavant ; et d'un effort nerveux, il acheva de les disjoindre.

Son visage apparut alors au visiteur comme une évocation de l'abîme. Ses traits étaient pâles, morbides, ravagés par la souffrance, flétris par le contact de leur inflexible enveloppe ; mais ils acquéraient par là même une puissance, une expression inexprimables.

Le comte, terrifié, cacha son propre visage sous ses mains pour ne plus voir.

C'est qu'il y avait là un phénomène étrange. Le prisonnier et son noble visiteur se ressemblaient au point de tromper l'œil le plus habile, en ce moment où la stupeur avait amené sur les traits du comte la même teinte pâle et morbide qui régnait sur ceux du prisonnier.

— Eh bien, reprit celui-ci, êtes-vous content ; la similitude est-elle assez complète ?...

Ici il s'interrompit, et poussant un effrayant éclat de rire :

— Savez-vous l'idée qui me vient ? dit-il. Si, usant à mon tour de mon droit du plus fort, — car je suis le plus fort ! — je rivais maintenant sur votre front cette infernale machine ? si je vous condamnais à prendre ma place dans cette prison, et si j'allais prendre la vôtre... Est-ce bien légitimement la vôtre qu'il faut dire ?... Si je sortais maître et vainqueur enfin, d'esclave et de vaincu que je suis ; est-ce que personne reconnaîtrait la substitution ?...

— Au nom du ciel !... balbutia le visiteur.

Le prisonnier le considéra quelques secondes, jouissant de son effroi, puis il reprit :

— Rassurez-vous... vous sortirez et je demeurerai, quoiqu'il soit étrangement hardi à vous de venir ainsi tenter un homme comme moi, dans son droit comme j'y suis, et réduit à la misère où je me trouve !

Le comte respira. Il avait eu le vertige.

— Que souhaitez-vous de moi ? demanda-t-il.

— Ah ! vous comprenez qu'il peut y avoir des conditions ?

— Dites-les.

— Je serai peu exigeant. Il y a vingt ans, lorsque j'étais encore dans toute la fougue de l'âge et du sentiment de mon droit, je n'eusse pas montré autant d'abnégation ; mais aujourd'hui, je le sais bien, les persécutions m'ont usé. Je ne vaudrais rien pour la tâche à laquelle j'étais destiné cependant. Le pouvoir est en vos mains, qu'il y reste. Je ne m'exposerai pas à faire le malheur de tant de millions d'hommes.

Il s'arrêta, absorbé par un retour amer sur lui-même.

— J'attends que vous acheviez, dit le comte.

— Je veux d'abord un serment.

— Lequel ?

— En présence de cette image du Dieu crucifié, jurez de faire ce que vous aurez promis.

— Si cela est compatible avec mes titres et mes devoirs, je le jure.

— Ne vous ai-je pas dit que j'étais sans ambition et sans égoïsme ? Je ne veux rien pour moi.

Mais il y a dans un des cachots de cette citadelle une pauvre fille qui souffre et qu'on persécute à cause de moi.

— Je vous promets sa délivrance et sa vie.

— Je n'en voulais pas davantage... Monseigneur, vous allez partir, quitter ce séjour de malédiction. Quand vous vous retrouverez au sein des joies et des splendeurs, ayez quelquefois une bonne pensée pour ceux que la fatalité absorbe.

Le comte ne répondit pas, mais il exhala un soupir profond, et passa, la tête courbée, devant le prisonnier, qui s'était rangé pour lui faire place.

Une demi-heure après, Saint-Mars, plus humble que jamais, vint annoncer à Latour que Charlotte était libre et qu'une barque allait la transporter avec sa mère jusqu'à Toulon, où elles recevraient un subside.

Il n'avait pas demandé autre chose, et se laissa docilement remettre le masque, un moment arraché de son visage. Puis, il s'agenouilla devant le crucifix, remerciant le ciel d'avoir sauvé son amie, et s'engageant à vivre, puisqu'elle vivait.

En rapprochant les dates, on arriverait à reconnaître que le refroidissement qui signala les derniers temps du ministère de Louvois, et rendit les rapports difficiles entre le souverain et lui, remonte à cette époque.

Ce refroidissement devint peu à peu évident, à ce point que le favori, accablé sous sa propre décadence, en contracta un chagrin violent sous le poids duquel il succomba le 16 juillet 1691, emporté bien plus par la douleur que par la maladie.

Ce fut après sa mort que Saint-Mars obtint le gouvernement de la Bastille, où nous allons le suivre avec son prisonnier.

XII

LE SACRILÉGE.

Après Louvois, une seule personne exerça une influence prépondérante sur Louis XIV ; ce fut madame de Maintenon. Quoique ce nom n'ait jamais été mêlé au sombre drame du prisonnier au masque de fer, il nous est permis de croire qu'il ne l'aggrava point, non plus que la visite dont parlait notre précédent chapitre. Sans apporter au malheureux la liberté à laquelle il avait droit, on introduisit alors dans son existence certains allégements, auxquels l'inflexible ministre s'était constamment refusé.

Henri, invariablement attaché au sort de son geôlier, le sombre et méfiant Saint-Mars, fut traîné à sa suite, de Sainte-Marguerite à la Bastille, comme il l'avait été d'Exilles à Pignerol, et de Pignerol aux îles Lerins.

Fier de sa promotion au commandement de la première prison politique du royaume, Saint-Mars marchait triomphant, sans une pensée de pitié pour la prison ambulante qui suivait son cortége. Des précautions plus minutieuses et plu sévères, s'il est possible, que celles des trajets précédents, tenaient la tête du prisonnier au bout du pistolet des agents apostés autour de lui.

Cette litière noire, sans ouverture, gardée à vue par ces hommes taciturnes et muets, ressemblait à un corbillard ; aucun passant n'eût soupçonné qu'elle pesât sur un être animé et innocent.

Le ministre confident de ce secret, et avec lequel Saint-Mars avait désormais ordre de s'entendre, était le marquis de Barbézieux, l'un des fils de Louvois, qui n'avait pas les talents de son père, et qui fut loin d'hériter de son crédit, comme il héritait de son titre de secrétaire d'État de la guerre. Le souverain, sans avoir pour lui une grande estime, l'avait initié au mystère de la détention de Henri, dans la pensée peut-être que son père n'avait pas été sans lui en laisser entendre quelque chose.

Encore sous l'impression de la visite du soi-disant comte de Morly, le prisonnier conçut un pressentiment sinistre, lorsque Saint-Mars vint lui dire de se préparer à quitter sa prison de Sainte-Marguerite.

— Est-ce que le roi en veut à ma vie ? demanda-t-il.

— Non, mon prince, répondit le commandant ; votre vie est en sûreté, vous n'avez qu'à vous laisser conduire.

— Après tout, murmura à demi-voix l'infortuné, un peu plus tôt, un peu plus tard, qu'importe la mort !

Il lui était permis, en effet, de songer à cette délivrance suprême, car il avait cessé d'être jeune ; ses cheveux blanchis attestaient la durée de son supplice ; — il venait de passer douze ans à Sainte-Marguerite. Mais il ignorait toujours, et le ministre seul savait avec son maître, le lien fatidique qui rendait la prolongation de ses jours précieuse à une existence parallèle à la sienne.

Louvois avait qualifié ce présage de folie, mais son fils le prenait plus au sérieux. Par un singulier hasard, que l'histoire nous révèle, Barbézieux était lui-même sous le coup d'un horoscope pareil. D'un esprit faible et crédule, il n'entreprenait rien d'important sans consulter les astrologues, et l'un d'eux, le père Alexis, qui réunissait au titre de cordelier celui de nécromant, lui avait prédit qu'il mourrait dans sa trente-troisième année.

Il avait accueilli cette menace comme si vraisemblable, qu'après sa mort, l'archevêque de Reims, son oncle, trouva dans ses papiers une note de sa main ainsi conçue : « J'aurai, à ma

L'homme au masque de fer.

trente-troisième année, une grande maladie, de laquelle je mourrai (1). »

Un homme imbu de ces idées et de ces terreurs n'était donc pas capable de traiter légèrement les appréhensions du roi. Nous croyons, quant à nous, que l'horoscope remis par Richelieu à Louis XIII était seulement un expédient de cet adroit politique, pour prévenir tout attentat contre les jours de l'enfant déshérité.

Quoi qu'il en soit, et à tout hasard, Barbézieux remit à Saint-Mars des instructions détaillées et formelles sur ce qu'il aurait à faire en cas de maladie, de danger et de décès du prisonnier au masque.

Celui-ci fut d'abord enfermé dans la chambre de la tour de la Bazinière, au premier étage, sous le nom de *Kersadiou*, que l'on inscrivit aux registres et aux cartes d'écrou.

Mais cette chambre ne paraissant pas suffisamment isolée, on le transféra au troisième étage de la tour de la Bertaudière, et en lui donnant le nom de *Marchiali*, qu'il ne devait plus quitter.

Un document historique est venu éclaircir cet épisode des annales de la Bastille. C'est le folio 120 du grand registre de cette prison, déposé aux archives de l'hôtel de ville de Paris. Il contient cette mention :

« Du jeudi 18 septembre 1698, à trois heures après midi, M. de Saint-Mars, gouverneur du château de la Bastille, y fit sa première entrée, venant de son gouvernement des îles Sainte-Marguerite, ayant amené avec lui, dans sa litière, un ancien prisonnier qu'il avait à Pignerol, lequel prisonnier reste toujours masqué, et dont le nom ne se dit pas ; et l'ayant fait mettre, descen-

(1) Ce qu'il y a de plus bizarre encore que cette crédulité, c'est que l'horoscope s'accomplit réellement, et que Barbézieux mourut le 5 janvier 1701, dans sa trente-troisième année.

dant de sa litière, dans le première chambre de la tour Bazinière, en attendant la nuit, il fut ordonné, à neuf heures du soir, par M. de Saint-Mars, gouverneur, à M. du Junca, lieutenant dudit château, et au sieur Rosarges, l'un des sergents que M. le gouverneur avait amenés, de conduire ledit prisonnier dans la troisième chambre de la tour Bertaudière, que M. du Junca avait fait meubler de toutes choses avant son arrivée.

« Ce prisonnier a toujours été soigné et servi par ledit sieur Rosarges, et n'était vu que de lui et de M. le gouverneur. Il était traité avec grands soins et distinction. Ce prisonnier avait la permission d'aller à la messe. »

Saint-Mars s'était fait escorter de l'élite de ses assesseurs, et nous retrouvons avec lui, dans son nouvel emploi, non-seulement le major Rosarges, dont parle le document qu'on vient de lire, mais l'aumônier Giraud, le chirurgien Rheill, le porte-clefs Ret et jusqu'à son cousin Corbé. Les mémoires de l'époque ont conservé ces noms et les malédictions qu'ils soulevaient.

Toutefois, ils nous ont transmis aussi celui d'un administrateur plus bienveillant, et que son importance personnelle sut préserver du mauvais vouloir de Saint-Mars, — c'était M. du Junca, lieutenant du roi.

D'un naturel compatissant, du Junca apportait dans ses fonctions toute l'humanité possible. C'était à lui, notamment, que les prisonniers devaient une amélioration considérable dans leur nourriture et dans l'aménagement de leurs chambres.

Il tenait personnellement un journal des faits survenus dans la forteresse, et ce journal, écrit en entier de sa main, et publié pour la première fois par le père Griffet, jésuite, aumônier de cette prison après l'infâme Giraud, nous fournit encore les détails suivants, que nous transcrivons textuellement, comme complétant les lignes citées plus haut ; on sera frappé de la coïncidence des faits relatés par ces deux documents.

« Jeudi, 18 septembre 1698, à trois heures après midi, M. de Saint-Mars, gouverneur de la Bastille, est arrivé pour sa première entrée des îles Sainte-Marguerite et Honorat, ayant amené avec lui, dans sa litière, un ancien prisonnier qu'il avait à Pignerol, dont le nom ne se dit pas, lequel on fait toujours tenir masqué, et qui fut d'abord mis dans la tour Bazinière, en attendant la nuit, et que je conduisis ensuite moi-même, sur les neuf heures du soir, dans la troisième chambre de la Bertaudière, laquelle chambre j'avais eu soin de faire meubler de toutes choses avant son arrivée, en ayant reçu l'ordre de M. de Saint-Mars... En le conduisant dans ladite chambre, j'étais accompagné du sieur Rosarges, que M. de Saint-Mars avait amené avec lui, lequel était chargé de servir et de soigner ledit prisonnier, qui était nourri par le gouvernement. »

Ces pièces irrécusables, et qui se confirment l'une par l'autre, nous ont paru mériter l'attention et l'intérêt du lecteur, qu'elles initient d'une façon sérieuse aux péripéties de cette histoire.

La surveillance de Saint-Mars et de son acolyte Rosarges redoubla du jour où le prisonnier fut confiné à la Bastille, car son arrivée avait causé une vive émotion et défrayait les entretiens de la prison aussi bien que de la ville.

Il importait donc de le tenir isolé de toute communication avec les gens considérables, que les lettres de cachet amenaient sous le moindre prétexte et quelquefois pour un laps assez court dans la citadelle. Il y avait là des seigneurs et des financiers qui, par leur influence ou leur argent, pouvaient gagner un gardien ; des mécontents qui eussent payé cher pour susciter aux gouvernants des embarras et s'emparer d'un secret de cette conséquence.

Le prisonnier, ou si l'on veut l'appeler par son nouveau nom, Marchiali, fut prévenu, en conséquence, d'avoir à repousser tout rapport qui pourrait s'offrir entre lui et d'autres prisonniers, sous peine d'entraîner non-seulement pour lui, mais pour eux le dernier châtiment.

Ce fait est attesté par une lettre de Lagrange-Chancel, insérée dans l'*Année littéraire*. Cet écrivain affirme avoir appris d'un nommé Dubuisson, caissier du fameux Samuel Bernard, que ce Dubuisson, étant détenu à la Bastille, fut mis avec plusieurs autres individus dans une chambre située au-dessous de celle du prisonnier au masque.

Le conduit de la cheminée, soigneusement garni de barres de fer, leur permettait cependant de communiquer verbalement, et ils entretenaient ainsi une conversation avec les prisonniers de l'étage inférieur, lorsqu'ils tentèrent d'en faire autant avec celui d'en haut. Mais n'en obtenant que des mots vagues et négatifs, ils lui demandèrent pourquoi cette obstination à taire son nom et ses aventures à des compagnons d'infortune, qui ne souhaitaient que lui venir en aide.

— Taisez-vous ! répondit-il, au nom du Ciel, taisez-vous ! Pas un mot de plus ! L'aveu que vous sollicitez nous coûterait la vie à tous ! Nul ne doit me parler, je ne dois parler à personne !...

Il fut du reste maintes fois aperçu, toujours masqué, par des prisonniers qui en ont rendu témoignage, et notamment par l'historien Lenglet-Dufresnoy, habitué de la Bastille, où il fut conduit à huit reprises différentes. Quelqu'un ayant demandé à celui-ci des renseignements sur ce personnage énigmatique :

— De grâce, répondit-il, jamais un mot là-dessus, si vous ne voulez que j'aille le rejoindre, cette fois pour n'en plus revenir !

A mesure que l'âge s'appesantissait sur lui, Henri se montrait plus résigné, plus soumis à son sort. Une piété douce le soutenait sur les derniers degrés de sa vie douloureuse ; sa pensée se reportait sur les rares éclaircies de son martyre ; et plus il se rapprochait de la tombe, plus il songeait à Charlotte et à son dévouement.

Nous avons dit qu'on avait adouci sa condition ; — l'une de ces améliorations fut le remplacement de l'écrasant masque de fer par un masque de velours. Cette substitution ne s'opéra pas toutefois sans de formidables menaces, s'il osait jamais en profiter pour se montrer à personne le visage découvert.

Ce soulagement venait à propos, car les forces du prisonnier allaient en s'épuisant chaque jour. Si robuste que l'eût fait la nature, on ne soutient pas impunément une pareille lutte.

Et puis sa confiance en l'étoile qui devait lui ramener sur le soir de sa vie l'amie de son enfance, s'éteignait après tant de déceptions, et l'âme navrée désormais, il s'abandonnait peu à peu à une prostration avant-coureur du trépas.

Il demandait encore des consolations à la religion, mais n'y puisait plus d'énergie. On ne croyait pourtant point sa fin aussi prochaine, lorsqu'il fut pris subitement d'une crise au bout de laquelle il s'éteignit. Le journal du lieutenant du Junca relate ainsi cet événement :

« Du lundi 19 novembre 1703. — Le prisonnier inconnu, toujours masqué d'un masque de velours noir, s'étant trouvé hier un peu plus mal, en sortant de la messe, est mort sur les dix heures du soir, sans avoir eu une grande maladie. M. Giraud, notre aumônier, le confessa hier. Surpris de la mort, il n'a pu recevoir les sacrements, et notre aumônier l'a exhorté un moment avant que de mourir. Il fut enterré, le mardi 20 novembre, à quatre heures après midi, dans le cimetière Saint-Paul, notre paroisse ; son enterrement coûta quarante livres. »

L'acte d'inhumation, entaché d'un faux flagrant, est ainsi conçu :

« L'an 1703, le 19 novembre, Marchiali, âgé de 45 *ans*, est décédé à la Bastille, duquel le corps a été inhumé dans le cimetière de cette paroisse, le 20 dudit mois, en présence de M. Rosarges, major de la Bastille, et de M. Reilh, chirurgien de la Bastille, qui ont signé, etc. »

Ainsi avait fini ce long martyre, après une captivité de près de trente-cinq années, dont les six dernières s'étaient passées à la Bastille.

Quant à l'âge de Marchiali, il a été reconnu par une déclaration même du chirurgien Reilh qu'il était, à l'époque de sa mort, de plus de soixante ans ; ce qui répond précisément à la date assignée à sa naissance par les pièces qui nous ont servi de guides.

Les mesures prescrites à l'avance furent exécutées avec le plus grand soin. On évita d'informer immédiatement le roi que cette nouvelle eût pu saisir ; et on ne la lui révéla qu'après un délai assez long, pour lui prouver qu'il n'avait rien à craindre de l'horoscope.

On détruisit tout ce qui avait appartenu au prisonnier, dans la crainte qu'il n'y eût tracé des marques ; livres, linge, effets, tout fut brûlé ; l'argenterie fut fondue. On dépava sa chambre, on en gratta et recrépit les murs et le plafond. Mais ces précautions, que l'on ne put dissimuler, eurent un résultat précisément contraire au succès qu'on voulait obtenir. Elles stimulèrent la curiosité, excitèrent les investigations, et firent naître des commentaires et des rapprochements historiques et politiques.

Ce ne fut pas tout encore : afin d'aller au-devant d'une constatation et d'une révélation posthumes, Saint-Mars et Rosarges, obéissant à leurs instructions, ne reculèrent pas devant un sacrilége !

Le prisonnier était mort dans le désespoir de ne plus rien apprendre touchant son amie fidèle. Ses instances, ses prières n'avaient pu, sur ce chapitre, émouvoir l'âme de ses geôliers.

Il n'était pas oublié pourtant. Des cœurs comme ceux-là n'oublient point ! Des obstacles infranchissables avaient seuls empêché Charlotte de lui apprendre qu'elle vivait toujours et qu'elle pensait toujours à lui... pour elle, c'était tout un.

La nuit qui suivit la cérémonie funèbre, le fossoyeur de Saint-Paul, gagné à force d'argent, et s'étonnant lui-même qu'on n'eût pas mis de surveillants autour du cimetière, introduisit deux femmes dans l'enceinte funèbre.

L'une était plus qu'octogénaire, elle marchait appuyée d'un côté sur un bâton, de l'autre sur sa compagne, moins vieille d'une vingtaine d'années.

Elles tremblaient, et leur guide tremblait presque autant, car tous trois allaient accomplir une œuvre formidable.

Armé de ses outils, muni d'une lanterne sourde, cet homme s'approcha d'une fosse toute fraîche, et tandis que les femmes, agenouillées, pleuraient et priaient, il commença à remuer la terre.

Charlotte et Marion avaient voulu embrasser une fois, avant que la destruction s'en emparât, celui qui avait été leur fils et leur époux.

Le travail fut long, car il ne fallait pas éveiller les échos. Enfin, la bière fut amenée ; un effort de plus, et le couvercle sauta.

C'était un spectacle solennel et navrant.

Le ciel s'était voilé pour ne pas voir ; la lanterne du fossoyeur jetait seule sur le linceul sa lueur incertaine.

Les deux femmes s'élancèrent ensemble ; leur compagnon souleva la toile neuve qui enveloppait le corps ; un bruit sourd et étrange retentit... Horreur !... à la place de la tête, les ensevelisseurs avait mis une pierre !...

Ce visage mort inspirait aux bourreaux un tel

effroi, qu'ils n'avaient pas hésité à mutiler ce pauvre cadavre !

Charlotte et Marion reculèrent avec un cri d'épouvante. Ce coup devait être le dernier pour la mère et pour la fille.

L'une vint, à peu de jours de là, rejoindre dans la tombe celui qu'elle avait nourri comme son enfant; l'autre, recueillie par charité à la porte du cimetière, alla finir dans une maison de fous.

Notice justificative.

L'existence de l'*Homme au Masque de Fer* n'a jamais été sérieusement mise en doute. Mais il n'en est pas de même de l'identité du personnage auquel l'Histoire a consacré ce titre sinistre.

Depuis un siècle et demi, les versions les plus contradictoires ont été mises tour à tour en avant. Les historiens, les critiques, les chroniqueurs, les auteurs de mémoires surtout, se sont longuement exercés sur ce point, et n'ont longtemps abouti qu'à rendre l'énigme plus obscure.

On n'imagine pas la nomenclature des personnages plus ou moins illustres que l'on a successivement présentés comme les héros de ce long et cruel martyre. Qu'on nous permette de passer sommairement en revue les plus notables.

***

On a voulu voir en lui le comte de Vermandois, fils naturel de Louis XIV et de Mlle de la Valière. Mais la mort du comte de Vermandois a pour date certaine : le 18 novembre 1688. Il fut inhumé solennellement dans la cathédrale d'Arras le 25 du même mois. Un mot historique bien connu se rattache à cet événement. Lorsqu'on vint l'annoncer à sa mère, réfugiée au Val-de-Grâce, sous le titre de *Sœur Louise de la Miséricorde*, elle s'écria, en levant au ciel ses yeux où les larmes semblaient s'être depuis longtemps taries : — « Je dois pleurer sa naissance encore plus que sa mort. » A l'occasion de cet enterrement, Louis XIV, qui ne badinait pas avec les choses religieuses, combla de ses largesses le chapitre d'Arras, et fonda des obits perpétuels.

On a voulu voir dans le prisonnier au Masque, le surintendant Fouquet. Mais l'histoire nous permet aussi de suivre l'illustre et infortuné disgracié durant les 19 années de sa captivité. Arrêté le 5 septembre par d'Artagnan, capitaine aux Mousquetaires, il fut successivement renfermé à Angers, à Amboise, à Vincennes, à Moret, à la Bastille. Après la décision qui commua son arrêt de mort en une prison perpétuelle, on l'achemina sur Pignerol, où il s'éteignit le 23 mars 1680, âgé de 65 ans. Ses restes furent rapportés à Paris, et inhumés dans le couvent des Filles de Sainte-Marie, rue Saint-Antoine, envers lequel sa munificence s'était exercée pendant sa prospérité.

Certains chroniqueurs ont prétendu que le mystérieux captif ne fut autre que le duc de Lauzun. Il suffit d'ouvrir un livre d'histoire pour faire justice de cette invention. Les disgrâces du favori du grand roi furent intermittentes. S'il visita souvent la Bastille, il eut toujours l'art d'en sortir à son honneur. Il mourut le 19 novembre 1723, à l'âge de 90 ans, dans le couvent des Petits-Augustins. Ce couvent était contigu à son hôtel, et il s'y était fait transporter pour recevoir les soins des religieux pendant sa dernière maladie, qui fut longue et douloureuse.

Le nom du duc de Beaufort, le héros de la Fronde, le fameux roi des halles, a été également prononcé. Ce qui a rendu cette thèse moins invraisemblable que les précédentes, c'est qu'en effet, Beaufort disparut tout entier. Mais la computation des dates et l'examen des faits détruisent l'hypothèse qui en ferait le prisonnier au Masque. En effet, l'histoire de celui-ci remonte à 1638, son transfert à la prison d'Exilles et l'entrée en fonction de son geôlier Saint-Mars se reportent à la suite du décès de la reine-mère.

Or, toutes les étapes de la vie orageuse de Beaufort nous sont connues, jusqu'à la campagne de 1669. Et, même, c'est encore là que nous le retrouverons. Etant allé, avec l'assentiment de Louis XIV, prêter son bras aux Vénitiens, dans leur lutte avec les Turcs, il disparut à la suite d'une soirée dans l'île de Candie. Eh bien, les récits du temps constatent que, renversé sous les coups des Turcs, il eut par eux la tête tranchée, et qu'ils s'en firent, suivant l'usage de ces peuples barbares, un trophée. — Quel intérêt, à cette époque, et rentré comme il l'était dans le devoir, aurait-on eu à le faire enlever à l'autre bout de l'Europe, au milieu d'une mêlée sanglante, où nos intérêts n'étaient pour rien, et à le ramener en France, pour l'unique plaisir de le retenir prisonnier pendant trente ans?...

Son corps, il est vrai, ne fut pas reconnu sur le champ de bataille, mais il est avéré que sa tête fut envoyée par le grand-visir à Constantinople, où elle fut portée pendant trois jours par les rues au bout d'une pique. Le fait est consigné dans les *Mémoires* du marquis de Saint-André Montbrun, qui commandait dans Candie, et qui affirme avoir vu tomber Beaufort dans la mêlée.

Etait-ce le duc de Montmouth? — Encore une version qui a joui d'une certaine créance. Chacun sait que le brave et brillant capitaine périt sur l'échafaud, à Londres, le 15 juillet 1685. On répandit, il est vrai, à ce propos, les bruits les plus étranges; d'illustres romanciers ont surtout exploité celui du dévouement d'un officier de son armée, qui, ayant avec lui une grande ressemblance, aurait subi la mort à sa place. A l'appui de cette histoire, on racontait qu'une dame de qualité, lady Wentworth, ayant gagné à force d'argent ceux qui pouvaient ouvrir son cercueil, examina le cadavre au bras droit, où il portait une marque, et s'écria avec stupeur : « Ah! ce n'est pas lui! »

Cette imagination n'est pas soutenable. Montmouth avait été enterré dans la chapelle de la Tour de Londres, où l'on ne pouvait pénétrer qu'autorisé et accompagné. De quelle façon lady Wentworth et les fossoyeurs auraient-ils déjoué une consigne alors des plus rigoureuses et déterré, dans la chapelle, sans être aperçus, un cercueil si soigneusement scellé, maçonné et gardé? Et pourquoi la discrétion séculaire des rois bourbonniens sur un fait qui n'avait un vif intérêt que pour le gouvernement anglais de l'époque, et qui faisait peser sur leur race et leur légitimité un dangereux soupçon?

Une hypothèse à laquelle il serait puéril de s'arrêter, et que nous mentionnons pour rendre cette notice aussi complète que possible, a parlé d'un fils adultérin d'Anne d'Autriche et de Mazarin. Comme si les illustres amants n'eussent eu d'autre expédient pour cacher le fruit de leur liaison, que d'en faire une des personnalités les plus saillantes et les plus remarquées!

Faut-il donner plus d'attention à la fable qui en fit un fils de la même princesse et de Buckingham? — Mais Buckingham fut assassiné le 2 septembre 1628 par Felton, dix ans, mois pour mois, avant la naissance du captif de Pignerol et de la Bastille!

Nous n'abuserons pas de la bienveillante attention du lecteur en entrant dans la réfutation trop aisée des bruits non moins invraisemblables qui firent successivement passer pour le personnage au Masque : Mahomet IV, dont le sort est resté inconnu, ce qui n'a rien de surprenant en Orient, à cette époque. Dans tous les cas, Mahomet IV ne fut détrôné qu'en 1687, et l'entrée en fonction de M. de Saint-Mars, comme gouverneur de la prison d'Exilles, où il arriva accompagné du prisonnier au Masque, date de 1666, et suivit de près la mort de la reine Anne d'Autriche. Ce serait donc un écart de vingt ans!...

Etait-ce plutôt, comme on l'a prétendu aussi, Arwedicks, ce fougueux et fanatique patriarche d'Arménie, qui suscita en 1701 une persécution violente contre les catholiques d'Orient?

A cette supposition encore il suffit d'opposer les dates. Arwedicks fut enlevé et séquestré à bord d'un navire français, par les soins d'un jésuite de Constantinople, le Père Braconnier, et d'un jésuite de Chio, le Père Tarillon. Ce fait eut lieu dans les premiers mois de 1706. Le patriarche fut conduit et retenu à Messine ; il y était encore en 1707, et, en 1713, les pourparlers continuaient à son sujet entre la cour de Constantinople et celle de Paris. — Or, l'homme au Masque avait été enterré le 19 novembre 1703 dans le cimetière Saint-Paul. Cela résulte des registres de la Bastille, encore existants aux Archives.

On a parlé du deuxième fils de Cromwell, Henri, donné en otage à Louis XIV? — La supposition et le raffinement du Masque appliqué à ce jeune homme sont trop absurdes, et ne méritent pas une réfutation.

Enfin, il a paru en 1825 un volume in-8°, signé J. Delort, auquel nous devons une mention. A la date où fut publié ce livre, il avait pour but de laver la mémoire du trisaïeul et du bisaïeul du monarque régnant de l'accusation que leur infligeait la tradition. L'auteur obtint communication des archives de l'Etat, et par un effort d'argumentation, dont il faut reconnaître la subtilité, il s'attacha à démontrer que l'homme au Masque de fer n'était autre qu'un certain Matthioli, petit diplomate italien, puni pour avoir trahi les intérêts de Louis XIV dans une négociation qui devait livrer Casal à la France.

Ainsi, tant de peines, de mystères, de raffinements, pour dissimuler la séquestration d'un personnage de si mince importance! pour cacher sa capture, que tout le monde connaissait, qui fut racontée dans ses détails, ainsi qu'il résulte d'une relation imprimée en 1687, et dont le duc de Mantoue, de qui ce comte Matthioli était secrétaire, ne parut pas se préoccuper plus que de raison.

Que Matthioli ait été enfermé à Pignerol, ce n'est pas douteux. Mais combien d'autres à cette époque passèrent aussi par cette prison d'Etat! Qu'il faille reconnaître dans celui-ci le prisonnier de conséquence dont nul ne devait savoir le nom ni connaître les traits sous peine de partager son sort et même de payer ce secret de sa tête, c'est ce que M. Delort ne nous a nullement démontré. L'opinion s'y est si peu laissé prendre, que son livre est tombé dans un complet oubli, et se trouve à peine mentionné par quelques-uns des écrivains judicieux qui se sont appliqués à l'éclaircissement de ce drame historique.

*
* *

Ce mystère, Voltaire le connut, — la chose n'est pas douteuse; il l'a indiqué en ces termes dans le *Siècle de Louis XIV* :

« Quelques mois après la mort du cardinal Mazarin, il arriva un événement qui n'a point d'exemple, et, ce qui est non moins étrange, c'est que tous les historiens l'ont ignoré. On envoya, dans le plus grand secret, au château de l'île Sainte-Marguerite, dans la mer de Provence, un prisonnier inconnu, d'une taille au-dessus de la médiocre, jeune et de la figure la plus belle et la plus noble. Ce prisonnier, dans la route, portait un masque dont la mentonnière avait des ressorts d'acier qui lui laissaient la liberté de manger avec le masque sur le visage. On avait ordre de le tuer s'il se découvrait, de peur qu'on ne reconnût dans ses traits quelque ressemblance TROP FRAPPANTE. »

Plus loin, dans le même ouvrage, Voltaire rapporte que Chamillart fut le dernier ministre qui connut ce terrible secret, et comme il était à son lit de mort, et que son gendre, le maréchal de la Feuillade, le conjurait de le lui communiquer, il répondit : — « C'est le secret de l'État; j'ai fait serment de ne le révéler jamais. »

Voltaire est encore revenu sur ce personnage dans l'ouvrage intitulé : *Questions sur l'Encyclopédie*, où se lit le passage suivant :

« Rien n'est si aisé que de concevoir quel était le prisonnier connu sous le nom de *Masque de Fer*. Il est même difficile qu'il puisse y avoir deux opinions sur ce sujet. J'aurais déjà communiqué plus tôt mon sentiment, si je n'eusse cru que cette découverte avait été faite par d'autres, qui se sont tourmentés à deviner qui peut avoir été ce fameux personnage, sans que l'idée la plus simple, la plus naturelle et la plus vraie se soit jamais présentée à eux. Je me décide à dire ce que j'en sais depuis plusieurs années.

« Le *Masque de Fer* était un frère aîné de Louis XIV. Anne d'Autriche l'avait eu d'un amant, et la naissance de ce fils l'aurait détrompée sur sa stérilité. Après cette couche secrète, par le conseil du cardinal de Richelieu, elle continua ses relations avec cet amant, puis ce même cardinal ménagea adroitement un hasard pour obliger absolument le roi à coucher au même lit que la reine, et un second fils qui lui naquit passa pour le fruit de cette rencontre conjugale.

« Louis XIV ignora jusqu'à sa majorité l'existence de son frère adultérin, dont la ressemblance avec lui était si frappante qu'on pouvait les croire jumeaux et qu'il était difficile de ne pas les croire frères. Ces circonstances diverses, corroborées d'une prédiction d'astrologue qui ne promettait rien de bon au roi régnant de la part de ce frère, firent aviser aux moyens de l'annuler. Ce fut alors que la politique du roi, affectant un généreux respect pour l'honneur de la royauté, sauva de grands embarras à la couronne et un horrible scandale à la mémoire d'Anne d'Autriche, en imaginant un moyen *sage* et *juste* d'ensevelir dans l'oubli la preuve vivante d'un amour illégitime. Ce moyen dispensait le roi de commettre une cruauté qu'un monarque moins consciencieux et moins magnanime que Louis XIV n'eût pas hésité à juger nécessaire. »

Sans nous arrêter aux variantes légères des auteurs que nous citons, nous ferons remarquer leur concordance sur le point essentiel du débat; concordance résultant encore de ce passage du *Voyage à la Bastille*, de Michel de Culières (Paris, 1789, in-8°) :

« Le bruit a couru que dans cet immense et redoutable dépôt des secrets de la monarchie, on avait trouvé des pièces qui renfermaient celui du célèbre *Masque de Fer*. Ce bruit a cessé tout à coup, et l'on a même dit qu'on n'avait rien trouvé de relatif à cet illustre prisonnier. Je connaissais ce secret longtemps avant la prise de la Bastille, et comme on ne m'a point fait une condition de n'en rien dire et que le temps est venu de ne plus rien dissimuler, je vais écrire ce que je sais et l'écrire avec la franchise qui me caractérise.

« Le 5 septembre 1638, Anne d'Autriche, qui avait mis au monde, entre midi et une heure, un fils qui fut dès sa naissance proclamé dauphin, accoucha d'un second fils pendant le souper du roi. Pour éviter les prétentions d'un frère jumeau à la couronne de France, et quoique ce fils, venu le dernier, dût être, aux termes de la loi, l'aîné, Louis XIII sortit d'embarras en prenant la résolution de cacher la naissance de cet enfant, qu'on fit élever secrètement.

« Le *Masque de Fer* était donc un frère jumeau de Louis XIV. Une lettre de mademoiselle de Valois au maréchal de Richelieu, où elle se vante d'avoir appris du duc d'Orléans, son père, quel était l'homme au masque de fer, ne laissa aucun doute à ce sujet. Mais on est fondé à croire que le régent voulait affaiblir le danger qu'il y avait à révéler le secret de l'État, en altérant le fait et en faisant de ce prince un cadet sans droit au trône, au lieu de l'héritier présomptif de la couronne. »

Le chevalier de Culières rapporte encore, dans le même *Voyage à la Bastille*, que Louis XV, au moment où le Régent lui transmit ce secret de famille, répondit nettement : « Eh bien, s'il vivait encore, je lui donnerais la liberté. »

Le maréchal de Richelieu, dans ses *Mémoires*, ne pouvait manquer de s'occuper de ce personnage énigmatique, et nous lui emprunterons quelques notes :

« Ce prisonnier, dit-il, n'était plus aussi intéressant quand il mourut, au commencement de ce siècle, très-avancé en âge; mais il l'avait été beaucoup quand, au commencement du règne de Louis XIV, il fut renfermé par de grandes raisons d'État. »

« ..... Louis XV voyant chacun s'évertuer sur ce chapitre : — « Laissez-les disputer, dit-il, personne n'a encore dit la vérité sur le Masque de Fer. »

« ..... Un autre jour, parlant à M. de la Borde (son valet de chambre) : — « Ce que vous saurez de plus que les autres, dit-il, c'est que la prison de cet infortuné n'a fait de tort qu'à lui. »

« ..... Le Dauphin, père de Louis XVI, ayant demandé au roi quel était ce fameux prisonnier, reçut cette réponse : — « Il est bon que vous l'ignoriez, vous en auriez trop de douleur. »

Voici encore quelques détails que nous tirons

l'*Histoire générale de Provence* de l'abbé Papon : « J'ai eu la curiosité d'entrer dans sa prison l'île Sainte-Marguerite) le 2 février de cette née 1678. Elle n'est éclairée que par une fetre, du côté du nord, percée dans un mur qui près de quatre pieds d'épaisseur, et où l'on a s trois grilles de fer, placées à une distance ale. Cette fenêtre donne sur la mer. J'ai trouvé ns la citadelle un officier de la compagnie anche, âgé de soixante-dix-neuf ans. Il m'a dit ue son père, qui servait dans la même comgnie que lui, avait plusieurs fois raconté qu'un ater de cette compagnie aperçut un jour sous fenêtre du prisonnier quelque chose de blanc i flottait sur l'eau. Il l'alla prendre, et l'apporta M. de Saint-Mars. C'était une chemise très-fine, liée avec assez de négligence, et sur laquelle le risonnier avait écrit d'un bout à l'autre. M. de aint-Mars, après l'avoir dépliée et avoir lu quelues lignes, demanda au *frater*, d'un air fort emarrassé, s'il n'avait pas eu la curiosité de lire ce u'il y avait. Le *frater* lui protesta plusieurs fois u'il n'avait rien lu ; mais, deux jours après, il it trouvé mort dans son lit. C'est un fait que officier a entendu raconter tant de fois à son ère et à un aumônier du fort qu'il le regarde omme incontestable. Le suivant me paraît égaement certain, d'après tous les témoignages que 'ai recueillis sur les lieux.

« On cherchait une personne du sexe pour servir e prisonnier. Un femme du village voisin vint s'offrir, dans la persuasion que ce serait un moyen le faire la fortune de ses enfants ; mais quand on lui dit qu'il fallait renoncer à les voir, et même à conserver aucune liaison avec le reste des hommes, elle refusa de s'enfermer avec un prisonnier dont la connaissance coûtait si cher. Je dois dire encore qu'on avait mis à deux extrémités du fort, du côté de la mer, deux sentinelles qui avaient ordre de tirer sur les bateaux qui s'approchaient à une certaine distance.

« La personne qui servait le prisonnier mourut à l'île Sainte-Marguerite. Le père de l'officier dont je viens de parler, qui était, pour certaines choses, l'homme de confiance de M. de Saint-Mars, a souvent dit à son fils qu'il avait été prendre le mort, à l'heure de minuit, dans la prison et qu'il l'avait porté sur ses épaules dans le lieu de la sépulture. Il croyait que c'était le prisonnier lui-même qui était mort. C'était, comme je viens de le dire, la personne qui servait, et ce fut alors qu'on chercha une femme pour la remplacer. »

* *

Dans le récit que nous offrons au lecteur, nous n'avons, quant à nous, pas eu d'autre prétention que d'écrire un roman historique, mais on jugera, d'après les autorités que nous venons de rappeler, que nous nous sommes sérieusement attaché à justifier cette qualité d'*historique*. Nous avons tenu à ne pas nous égarer nous-même, ne voulant pas égarer autrui sur un sujet d'un si puissant intérêt.

Or, indépendamment des auteurs que nous venons de citer, la tâche nous a été singulièrement facilitée par l'important travail de M. Dufey (de l'Yonne). Cet écrivain a raconté, dans le *Dictionnaire de la Conversation*, recueil considérable qui n'a été dans cette circonstance l'objet d'aucune contestation, la découverte toute moderne, aux archives des affaires étrangères, d'une relation de Saint-Mars.

L'infatigable geôlier commence par exposer qu'il a cru devoir rédiger cette confession pour calmer sa conscience, et rendre compte de la manière dont il a rempli sa mission fatale.

C'est à cette déclaration que nous avons pris le point de départ de notre récit. C'est d'après l'autorité du confident et du complice de Louis XIV et de Louvois, que nous avons pu fixer la date et les détails de la naissance de notre héros. Dans cet acte, Saint-Mars insiste à plusieurs reprises sur la déférence et les égards dont il entoura constamment son prisonnier. Il atteste, en même temps, la douceur du caractère de celui-ci, et la résignation avec laquelle il atteignit le terme de sa captivité qui ne finit qu'avec sa vie.

Ce document tranche donc la question d'une façon décisive. Pour ce qui concerne les circonstances de la détention et des translations du Masque de Fer de prison en prison, nous avons pu les établir avec certitude en interrogeant encore Linguet, l'historien de la Bastille, et Saint-Sauveur, fils d'un ancien gouverneur de cette citadelle.

Nous n'avons négligé ni la lettre fameuse de Lagrange-Chancel, détenu lui-même à Pignerol lors de la translation du captif au Masque dans une autre prison, ni le journal de du Junca, le lieutenant qui reçut le prisonnier à son entrée à la Bastille.

Enfin, nous nous étayons de Sainte-Foix, qui atteste la mutilation du cadavre ; du recueil des lettres des *Archives étrangères* de Roux-Fazillac, des biographies générales, concordant toutes sur les points essentiels ; et, dans un rayon plus récent, du bibliophile Jacob, et du résumé curieux de notre ami Camille Leynadier, qui nous a raconté lui-même de vive voix, peu de temps avant sa mort, comment ce fut lui qui retrouva, dans les combles de l'Hôtel de Ville, le fameux registre de la Bastille et les notes de du Junca.

Le théâtre et le roman ont déjà puisé des scènes émouvantes au fond de cette légende ; en arrivant aujourd'hui, nous avons au moins, à défaut d'autre mérite, celui de nous appuyer des recherches de nos devanciers, et de les compléter par les renseignements qu'ils ne connurent pas.

FIN.

www.ingramcontent.com/pod-product-compliance
Ingram Content Group UK Ltd.
Pitfield, Milton Keynes, MK11 3LW, UK
UKHW020406220726
13923UKWH00004B/1771

9 782019 717292